【新版】真実は壁を透して

松川事件被告の手記

特定非営利活動法人
福島県松川運動記念会編

八朔社

20人の被告たち（第二審論告求刑の日、仙台高裁、1953.4.28）

仙台高裁前にて，右から広津和郎，水上 勉，松本清張の各氏（撮影:古屋恒雄）

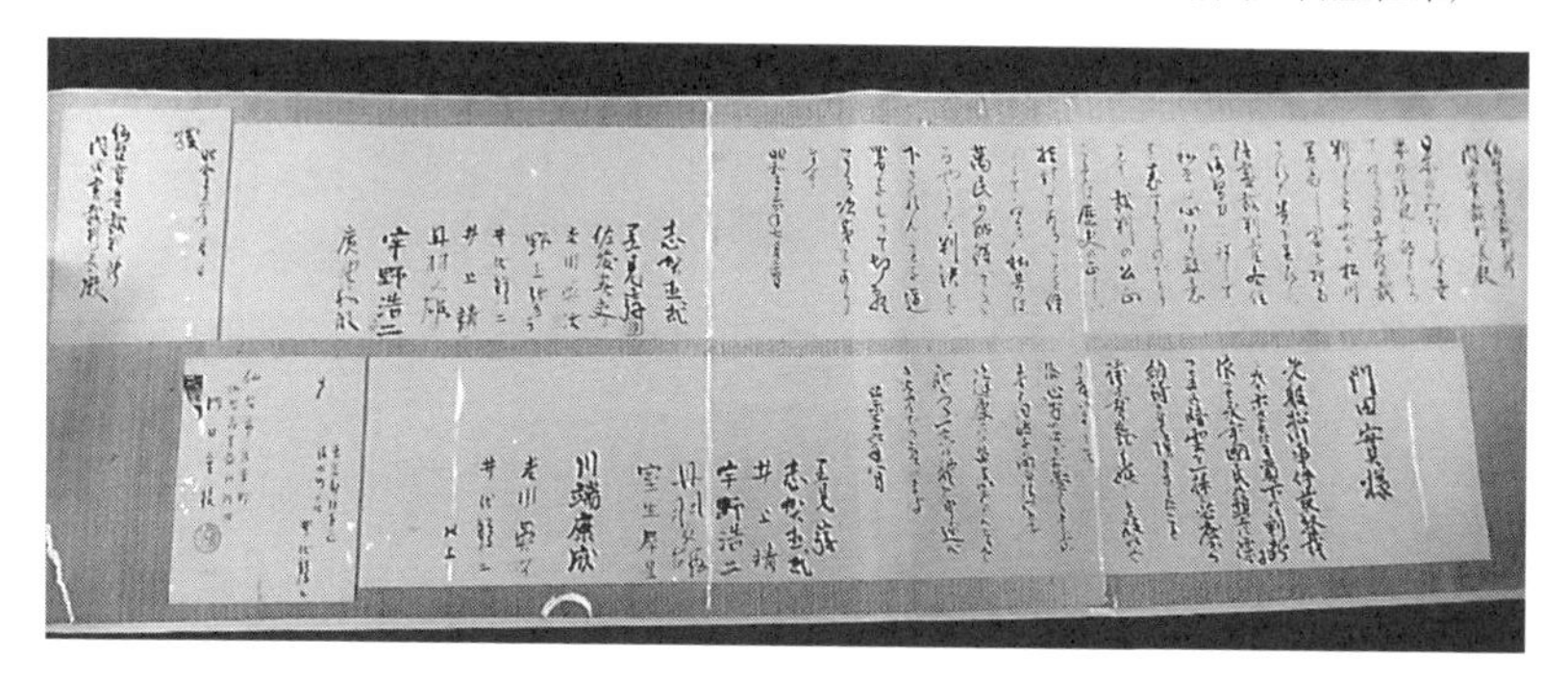

門田實様
[illegible]
志賀直哉
井上靖
宇野浩二
川端康成
[illegible]

門田實裁判長への要請書

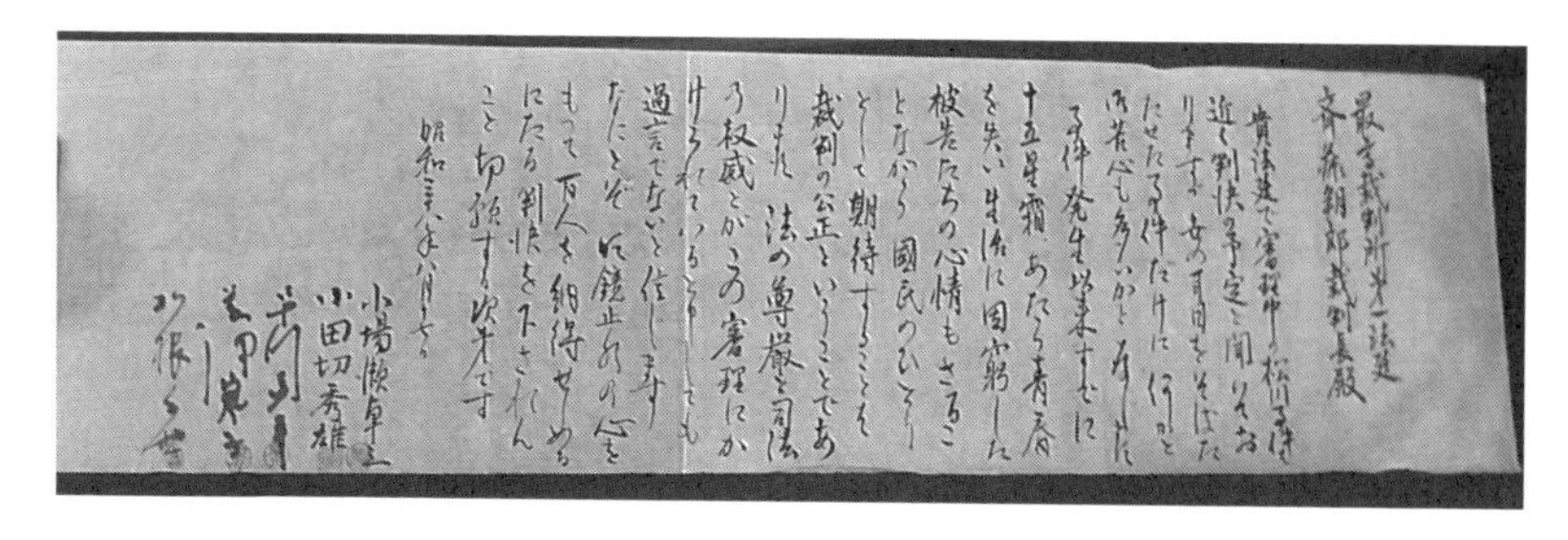

最高裁判所第一法廷
斎藤朔郎裁判長殿
貴法廷で審理中の松川事件
近く判決の予定と聞いてお
ります [illegible]
たせた事件だけに何かと
[illegible]も多いかと存じます
この事件発生以来すでに
十五星霜 あたら青春
を失い生活に困窮した
被告たちの心情もさること
ながら 国民のひとり
として期待することそ
裁判の公正ということであ
ります 法の尊厳と司法
の権威とがこの審理にか
けられていると申しても
過言でないと信じます
なにとぞ明鏡止水の心を
もって万人を納得せしめ
にたる判決を下されん
ことを切願する次第です
昭和三十八年八月[illegible]
小場瀬卓三
小田切秀雄
[illegible]

最高裁判所裁判長への要請書

松川の塔

1949年8月17日午前3時9分　この西方200米の地点で、突如、旅客列車が脱線顛覆し、乗務員3名が殉職した事件が起った。

何者かが人為的にひき起した事故であることが明瞭であった。

どうしてかかる事件が起ったか。

朝鮮戦争がはじめられようとしていたとき、この国はアメリカの占領下にあって吉田内閣は、二次に亘って合計9万7千名という国鉄労働者の大量馘首を強行した。かかる大量馘首に対して、国鉄労組は反対闘争に立上った。

その機先を制するように、何者の陰謀か、下山事件、三鷹事件及びこの松川列車顛覆事件が相次いで起り、それらが皆労働組合の犯行であるかのように巧みに新聞、ラジオで宣伝されたため、労働者は出はなを挫かれ、労働組合は終に遺憾ながら十分なる反対闘争を展開することが出来なかった。

この列車顛覆の真犯人を、官憲は捜査しないのみか、国労福島支部の労組員10名、当時同じく馘首反対闘争中であった東芝松川工場の労組員10名、合せて20名の労働者を逮捕し、裁判にかけ、彼等を犯人にしたて、死刑無期を含む重刑を宣告した。この官憲の理不尽な暴圧に対して、俄然人民は怒りを勃発し、階層を超え、思想を越え、真実と正義のために結束し、全国津々浦々に至るまで、松川被告を救えという救援運動に立上ったのである。この人民結束の規模の大きさは、日本ばかりでなく世界の歴史に未曾有のことであった。救援は海外からも寄せられた。

かくして14年の闘争と5回の裁判とを経て、終に1963年9月12日全員無罪の完全勝利をかちとったのである。

人民が力を結集すると如何に強力になるかということの、これは人民勝利の記念塔である。

松川の塔と碑文

「真実は壁を透して」の再刊に寄せて

特定非営利活動法人福島県松川運動記念会
理事長　安田　純治

戦後最大の謀略事件である松川事件の裁判批判と被告等の救援運動に絶大な役割を果たした作家・広津和郎氏は偶然この冊子を読んで松川裁判に関心を持ち、そこから作家生命を賭した活動をはじめるに至ったのです。

その経緯について、広津氏自身が次のように述べています。

「私がどうしてこの松川事件に関心を持つようになったかというと、第一審の判決の後、大分経ってから、被告諸君の文章を集めた『真実は壁を透して』という小冊子を送られ、それを読んだからである。―中略― 私は、新聞やラジオの宣伝するように、左翼的な思想犯罪と思わされていたので、この松川裁判の第一審進行中には、殆どこの裁判に興味を持っていなかった。―中略― それが『真実は壁を透して』を寄贈され、偶然ページを開いてみると、私は被告諸君の文章に急に引き込まれ始めた。そのことを宇野浩二に話すと、宇野も既にそれを読んでいて、『あれはひどい事件だ』と言った。

その時から私たちはこの事件に関心を持ち始め、―中略― 宇野と話し合って仙台に第二審の公判を傍聴に行ってみることにした。その後も第一審の記録を調べていくと益々その判決が納得がいかなくなってきたので、私はそのことを文章に書いて雑誌に発表したり親しい作家たちに私の考えていることを話してその賛成を得、『公正裁判要請』の嘆願書を連名で第二審の鈴木禎次郎裁判長のもとに送ったりした。―以下略」（中公文庫『松川裁判』（上）十七頁以下）。

当時、私も含めて、幾百万の個人・団体も広津氏と同じような経緯をたどって松川運動に参加するようになったのですが、そのエネルギーの源泉にはこの冊子が存在するわけです。

今、憲法九条の解釈問題をはじめとして、歴史修正主義、「森・加計学園」、年金問題等など、詭弁、強弁、隠蔽が横行し、政治権力の意向と、これに迎合・忖度する行政、マスコミの、人間を退廃させる毒ガスによっておとしめられようとしている人間の尊厳を守るために、かつて真実の重みを真正面から受けとめ、それを愚直に自分の行動として現した民衆の巨大な運動であり、日本の現代史に輝く松川運動のエネルギーの源泉であったこの冊子を、再び世に広めることは単なる懐古興味ではなく、わが日本社会の、人間的再生にとって極めて有益なものと信じます。

二〇一九年九月二一日　　「松川事件70周年記念全国集会」にて

目次

文化人・科学者・芸術家・宗教家の皆様へ

佐藤　一

一九四九年八月十七日未明——午前三時〇九分——福島県松川—金谷川間において青森発上り旅客列車が転覆しました。夜明け。静かに眠っていた松川の町は、深くたれこめた朝霧をゆすぶって鳴る、低い不気味なサイレンのうなりにゆり起されました。——続いてただならぬひびきをこめた半鐘の音。しかしこれが列車の転覆と三名の機関士の死を告げるものであるなどとは、誰一人として知りませんでした。それは私達にとっても考えられようもないことでした。

静かな朝。何か陰惨な出来事が起きていると考えるには、あまりにも静かな朝。町には人々の平和な営みをはげます、あのおだやかな空気がただよっていました。

だが、列車の転覆は現実だったのです。それは不幸な出来事でした。大きな不幸でした。その不幸は、今もなお限りなく大きくなりつつあるのです。そして日本の平和と自由、独立にさえ大きな脅威を与えようとしているのです。それ故この不幸の中に巻きこまれ、力足らずこの不幸の拡大をふせぎ切れずにいる私達松川事件被告二十名は、皆さんにこのことを訴え、私たちの心からのねがいを聞いていただきたいと、ペンを取りました。

この列車転覆事件が起きてから、一月あまりたって、私たちは身におぼえのない逮捕を受けました。警官が来た時、私たちは一体いかなる疑いがかけられているのか、全くわかりませんでした。しかし逮捕状には、汽車転覆致死事件と書かれてあったのです。事件が起きてから一カ月余も大々的な捜査をしていながら、なぜこんな馬鹿げた間違いをしたのだろうと、私達は腹だたしい、いぶかりを感じました。だが私達は間もなく、間違いは単なる間違いでないことを知り、事の意外に非常におどろかされました。

私達の連れこまれた国警福島地区署は、監房の窓も、取調室の窓も、窓という窓はすべて白い布でピッタリ覆われ、内からも外からも見えないようになっていました。その中で取調べがはじまりました。それはしかし、取調べというにはあまりにも程遠いものでした。自白の強制だったのです。私達はすっかり犯人にされ、色々な役割が当てられ、捜査当局で作った事件の筋書の承認を迫られたのです。

満足な食事も与えず、朝は八時頃から夜は十一時、十二時――時には午前二時を越えても――大勢の検事・刑事が毎日どなり散らし、わめき散らし、彼等の作った筋書の承認をせまり、私達を脅迫し続けました。そして肉体も精神も疲れ果て、椅子に座っているのさえ思うようにならぬ程フラフラにされた上、なお六法全書の死刑の条項を示して勝手な解釈をしながら「言わなければ死刑だ」とわめき立てたり、又或る時には、暗く狭い、三寸四方の差入口にまで幕を張った監房に入れて「一生此処から出られないようにしてやる」とおどかされ、言い知れぬ恐怖と苦痛に、何も知らぬ若い人達はたえ切ることができませんでした。それにつけこんで事件のネツ造が進められたのです。

私はこの残酷な自白強制の様子を、詳しく述べることができないのが残念です。

それでただ、この自白の強制があったということをわかっていただくための、一つの例を引用しておきたいと思います。それはこの自白の強制にたえ切れず、短いヒモで自殺をこころみて果さなかった小林源三郎君や、その他の者の、列車転覆に関する謝礼金をもらったという供述の変遷です。

小林君は、昭和二十四年十月二十日、辻検事に対して「列車転覆の謝礼金を十五万円もらって、全然使わずに畳の下においたままになっている」と述べさせられました。しかしこれでは、実際に十五万円の金が畳の下から出て来なければなりません。が、それは現実とはなりませんでした。それで十月二十二日には、「もらった十五万円は二階堂武夫に渡してしまった」と変えられました。しかしこれでも、金が出てこない以上、現実との一致は求められようもありません。十月二十三日に、さらに何とかゴマカしてつじつまを合わせようと次のようになりました。「謝礼金は五万円であった。その金で本やラジオを買ったり、飲食、デンスケ賭博等で消費し、一部を給与だといって姉に渡した。残り一万円は浜崎が逮捕された後、カマドで焼き捨ててしまった。」捜査当局は今度こそこれを本当のように見せようと苦心して裏付けを試みたのですが、それもとうとう失敗し、十一月四日には、「金をもらったことは全然ない」ということになってしまいました。そして、なぜこんなことを述べたかという弁解として小林君は、「外の者が金をもらっていると聞きましたので、もらわないと言うと嘘を言っているように思われ、重く罰せられるのではないかと思って、金をもらったと嘘を言ったのであります」と辻検事に供述しています。これらのことは、小林君が公判になって述べたことではなく、外部の人には絶対に会わされなかった警察の中で、自白の強制がおこなわれた過程において作られた検察官に対する供述調書中に述べられていることです。（菊地・太田・大内・浜崎君の例省略）

小林君のみならず、このように多くの者が、連絡を全く絶たれた上で、同じ時期に、もらってもいない金をもらったように、同じ嘘を、しかもすぐ嘘だということがはっきりするにもかかわらず何回も述べているのを、拷問も強制もない通常の状態だと考えられるでしょうか。まして相互に連絡を絶たれたものが、皆そろって「嘘を言っていると思われると困る」と思って、あまりにも明白な嘘をいうなどということは、自由に任意な供述がされる状態では、到底考えられないことだと思います。それこそ、供述の強制、拷問があったことを示すと同時に、ほかの事についても同様嘘を言わされていた証拠ではないでしょうか。

では、なぜこんなデタラメな嘘の供述を強制したのでしょうか。それは列車を転覆させる動機や目的が何もないので困ってしまった検察官が、金をもらってやったというようにしようとネツ造をたくらんだからです。

その苦しい自白の強制が終って公判がはじまり、強制と誘導でネツ造した捜査官の創作は、当然のこととはいえ、真実の前に次々とくつがえされてゆきました。

（次に各人が事件の謀議連絡をしたというのがネツ造であること、当夜のアリバイがあることが事実によって証明されているが、省略する）

判決の日、十二月六日が来ました。百回を超える公判審理と実地検証で、無実であることがはっきりと証明された私達のこの日の朝の喜び。一年有余を苦しみと悩みの中に送ってきた家族の晴々しい顔、私達は無罪の判決があることを疑いませんでした。しかし、判決は全く意外でした。あまりにもデタラメでした。何よりも残酷でした。

私達は何もやっていない。

だが私たちに押しつけられたものは死刑でした。無期懲役でした。十五年、十二年の有期懲役でした。何と恐ろしいことでしょう。

一年前の同じ法廷で、「裁判官は絶対公正であるから心から信頼せよ」と宣言した、その裁判官にこの残酷な判決を宣告された私達は、煮湯を飲まされたような憤りと悲しみに打たれました。この日、可愛い息子が、愛する夫・兄弟が晴れて出獄することを唯一の楽しみに家財道具を売り払いながら、細々と暮して来た家族たちの気持は、さらに私達以上に暗く重いものがあったと思います。判決の翌日には、この家族に会う暇もなく、朝暗い中にホロのついたトラックに乗せられ、凍える道を私達は福島から仙台に送られました。

こうして又、私達は苦しみと不安の獄中生活に、家族は窮乏と悩みの生活に追いこまれてしまったのです。私達がこのまま無実の罪で絞首台に送られたり、一生を監獄中に送る以外に道はないとするならば、これほど残酷な悲しいことはないと思います。又こうしたことに私達も家族も黙って耐えられるものではないのです。私達はどうしても生きたい。真実を明らかにして生き抜きたいと、獄中の起き伏しにも考えないことはありません。

それにつけても、私達は何故かくも真実が無視されたのかと、冷たく閉ざされた扉の中で思わずにはいられないのです。その時、私達の心に浮ぶものは、やはり人類の歴史上の悲しいさまざまな出来事でした。うちひしがれた奴隷のうめきよりはじまり、封建制の桎梏につながれた農奴の歎きに受けつがれ、そして今なお絶えぬ人類の不幸を呪う、あの悲しい叫びに耳を傾けざるをえないのです。そこには虐政がおこなわれてきました。平和が乱され、血が流されてきました。多くの民族が故なくして悲惨な圧迫を受けて来ました。そして人民の心からの願いに反して行われた虐政が、戦争が、征服が、常に力弱い者に対する真実を無視した人権蹂躙、生きる権利と自由の剥奪から開始されてきたということに、私達は思いを致さずにはいられないのです。

現在私達日本人民が、この悲しい運命に直面していないと誰が言いうるでしょうか。いや、すでに言論の自由は姿も影もなく、思想と信教の自由もじゅうりんされ、平和と自由独立を叫ぶ者にさえ、迫害が加えられています。

そして今、見て下さい、――わずか六年前――迫る炎にわが子を思い、低い爆音に年老いた親を案じながら必死に逃げまどったあの道に、悲しみの涙も乾かず、憤りの血も行方を見定めぬ時、風を起して走る重いトラックで、再び歎きの種はまかれようとしています。尽さぬ愛も尽しえず、悲しき悩みを抱いて静かに眠る者の、その緑のしとねも掘り返されようとしています。

親を奪われた子供たちが母を偲んで花を植え、父を想って石を重ねた木陰のその影の長さも変らぬ今、再び子等の血は流されようとしているのです。――これが日本の現状だということは何と悲しいことでしょう。日本人民の上に死の影を引く者は光を好まず、人民のたたかいと抵抗を恐れています。それ故、その良心を砕くために真実を無視し、抵抗とたたかいを阻止せんとして、真実の生命を奪おうとしているのです。松川事件のネツ造と、残酷な判決とは、その第一歩です。

もしこれが阻止できなければ、私達の生命を奪おうとしている者は、これと同じ方法によって更に大きな悲惨な事態を引き起こすにいたるでしょう。私達が、あの拷問によって作られたデタラメな虚偽の証拠によって、真実の証拠を無視され、死刑を執行されるならば、法はその権威を失い、人民のいかなる権利も又生命も絶対に保証されず、あらゆる強制・拷問は無限の効力を発揮し、すべての真実は権力を握る者の意志のままに歪曲され、奪い去られ、日本民族の運命は決定的に破滅のみとなるでありましょう。

これこそ最も恐るべきことです。私達はかかる事態にならないことを心から願わずにはいられません。又これを阻止することは、かつて軍閥とファシストに、日本を暗黒の中に追いこみ、幾百万の尊い生命をうばったアジア侵略をゆるしたあの痛恨事と誤りを、再びくりかえさないため私たちの果さなければならない責務であると考えます。このため一刻も早く、一人でも多くの人々に真実を伝えねばならないと思うのです。私達は、こうして虚偽と脅迫によって自由が奪われ、平和が乱されようとしている時、真実を守り、真実をひろめることがいかに大切であるかを知っておられる人々こそ、文化人・科学者・芸術家・宗教家の皆さんであると固く信じております。

それゆえ私達はここに、皆さんの真実を愛し、正義をねがう精神に訴え、私達の真実を守るたたかいに、心からの御支援をおねがい申し上げる次第であります。

私達は第一審の時の経験から、ただ法廷内において真実を明らかにし、私達の無実を証明しただけでは、独立を失った日本において裁判官の良心に曇りを生じ、無罪の判決は得られないという悲しい現実を痛感させられました。私達の立たされている悲しい立場と、苦しみを多くの人々に訴え、理解していただき、心からの同情と御協力を得なければ、裁判官が真実を真実として守りえないものであることをつくづくと体験しました。

そこで、皆さんに、十月二十三日から開かれる第二審の裁判において、裁判官がいかなる権力、権威にも屈せず、良心に従って真実を真実として守り、無実の私達の判決をするよう、仙台高等裁判所鈴木禎次郎裁判長に要請して下さるよう、心からお願い申上げる次第であります。

又、私達は現在、百万人の「無罪釈放署名運動」と「公判資金カンパ」の運動を訴えておりますので、皆さんの可能な限りにおいて心からのお力添えをお願い申し上げるものであります。

困難な情勢の中で良心を守ってたたかっておられる皆さんの御心労の並々ならざる時、甚だ勝手なお願いではありますが、私達の立たされている悲しい、困難な立場をお察し下され、何とぞこの私達の命をかけた願いをお聞き入れ下さるよう、よろしくお願い申し上げます。

日本の良心として大衆の信頼を担っておられる皆様。どうか私達の悲しい困難な立場にあたたかい心を寄せられ、無実の生命と人権を守るという点においても、この命をかけたお願いを、聞き入れ下さるよう、再び三たび心からお願い申し上げます。

苦しく困難な情勢の中で、日夜不安な生活を送っている日本の人民は、皆さんの良心と、平和と自由独立を愛する精神に大きな期待をいだいております。何とぞ御健康に御注意の上、この大衆の心からの期待と要請におこたえ下さらんことをいのってペンをおきます。


（一九五一年九月二十日）

事実は小説よりも奇

鈴木　信

オハラショースケさんの会津磐梯山や相馬ながれやまなど、民謡の多い福島。砂糖よりあまいあんぽんたんの吊し柿、水々しい二十世紀や長十郎などの名物梨の産地福島。

上野から青森行の急行に乗って六時間もゆられると、トクトー禿(はげ)のように、あちらこちらに、猫の額ほどの平地が目にちらついたかと思うと、まもなく福島駅に汽車が到着致します。駅構内には、四畳半もある真紅のアカハタが、へんぽんとひるがえり、その旗には国鉄労働組合福島支部と真白にそめぬいてある。この事務所の中で、世界的事件の幻謀議を、ファッシストが見たと言うのです。そしてどなたも気づかれずに通過されたと思いますが、福島の二つ手前に松川駅と言う酒倉(さかぐら)程のちっちゃな駅があり、すぐそばに三尺四方もある大きな字で首切絶対反対のスローガンを張りつけた東芝労連傘下の松川工場分会の事務所があり、ここでも又ファッシストは空気謀議を見たと言うのです。東北のこの寒村にも嵐が容赦なく吹きすさび、工場閉鎖や馘首が陸続とあらわれ、労働者は焼けつくような餓死線上に遠慮会釈もなくほうり出された。はためく赤旗のみが彼等に勇気を与え、明日への希望を与えていた。だがこの旗を毛虫のように嫌い、旗を見るたびに吐き気をもよおし、機会を見て引き裂いてやろうと爪を磨いていた人々もあったに違いない。真夏の太陽がギラギラと照りつけている八月十三日。正午頃、武田久を中心に斎藤千・二宮・阿部・本田・高橋・加藤・佐藤一・太田・私の十人が集まり、列車テンプク謀議が行われたと言う八月十三日。

いつものように支部事務所は、忙しく書類を整理する者、ビラを書く者、ガリをきる者、ソロバンをはじく者、討論をする者等々、活気ある労働者の息吹がみなぎっている。すらっとした、理智性にとんだ会計書記の羽田テル子は、すぐ側でそそくさと忙しく仕事をしている武田委員長に向って、うかがうように口を開いた。《私、渡辺さんに会って仕事の打合せをしたいんだけーど》《ああ俺も郡山に行こうと思っていた。一緒に行こう》昨日逮捕され、郡山のブタ箱にたたきこまれた管理部人事係に席をおく良心的中立派とも言われる渡辺副委員長に面会に行こうとしていた武田委員長は、書類の整理にいそがしく見向きもしないで答えた。すぐ側で大橋書記がガリガリと音をたてさせ、本田昇情宣部長から手渡された原稿とニラメッコしながら、一字一字力を入れて鉄筆をはこんでいる。《……この不当弾圧に憤激した郡山地区の労働者が、郡山地区署に抗議したのが六月三十日のことであり、四十日以上経過した今日になって……不当に弾圧し》と書いては一息し《……不正事件肥料の六六六〇俵五〇〇〇万円に及ぶヤミ流しに関係している検察庁……かかる不正をインベイし労働者のみに政治的弾圧を加え……》と書いては、ふーっとあつい息を吐いていた。《ヂヂヂ》けたたましくなる鉄道電話。《ガチャリ》と受話器を取る羽田書記。《モシモシ誰だい》《羽田です》《郡山で千だが》とハリのある声がひびいて来る。そして色々と郡山の話をする。《武田さんとわたしも間もなくそっちへ行きます》《では出来るなら米と名刺もって来てくれないか》ガチャンと電話がきれた。——斎藤千君も、福島から四十二キロ離れた郡山にいる自分がノコノコと転覆の幻ボーギに引ぱり出されるとは考えもつかなかったろう。

又電話器がなる。《ヂヂヂ》《モシモシ管理部の電気課ですが、武田さんいますか》《私です》《ああそお。給料が出ています。今日は半ドンだから出来るだけ早く来て下さい》ガチャン。時計の針は十一時を指している。《久さん、十一時の汽車で行かないかい》岡田がおおきな声で話かけた。《忙しいから待ってくれ。整理が終ったら行くよ》岡田は一人で十一時二十八分の汽車で出発した。――テンプク連絡者に祭り上げられるとは露知らずに。――《渡辺君が逮捕されたってほんとかい》二十年以上にわたって鉄道でもくもくと働きつい一カ月前まで福島通信区の技術助役さんであった四十代の、実直な小針一郎さんが入って来て、大橋書記に話かけた。共産党員でない人事係の渡辺副委員長が逮捕されたとはどうしても信じられず、新聞を見て驚いて支部に立寄ったらしい。話し合っていた大橋は、十一時二十分を廻った時計の針に、胃袋を刺戟されて弁当をひらいた。小針は、大橋の机から三尺と離れないところにある学校の教壇の上に、畳を六枚ずらりと一列にならべたような、何のしきりもない名ばかりの宿直室に腰をかけ、畳の上に五、六種類の新聞綴をずらりとならべて読み始めた。武田委員長は、時間に追われ、呼び出しを受けた産婆のようにあわただしく仕事をしていたが、間もなく給料を受け取りに電気課へつっぱしって行った。小針さんは引続き新聞を読んでいた。武田委員長が飛び出して間もなく、正午を知らせる鉄道のサイレンが、ふき上げるように鳴った。長年の間寸秒をあらそう鉄道につとめ、サイレンの直接責任者であった小針は無意識的に《ハッ》として時計とサイレンをニラミ合せてニコッとしたが、とたんに馘首された自分を考えると、限りないさびしさがじーんと胸ににじみ出るのであった。現実にかえった小針は、むなしく新聞の活字に目を落した。今自分の座っているこの場所で十人の人間が車座になって幻ボーギを行い、居もしない鈴木が《……列車転覆を要領よくやれば、民同派になすりつけることが出来るから、やって見よう……》と自分の座っているこの場所で大橋書記の目の前で、羽田書記の目の前で、田村書記の目の前で、菅野、飯沼、渡辺、民青の若者等々の目の前で、いや自分の見ているこの新聞の上で、発言しているとはつゆ知らずに。間もなく、渡辺が逮捕されたとの新聞記事に驚いて支部を訪ねて来た反共の闘士と自称している小川市吉を交え、小針、大橋の三人で世間話に花を咲かせていた。そこへ電気課からもどって来た武田は、羽田をつれてバス停留所へと出かけた。恐るべきこの幻謀議に引き出されるとは知らずに、高橋は妻キイと同行で数里離れた高橋の実家で遊んでおり、私は共産党地区委員会事務所で仕事に追われていた。

こんな馬鹿なことがあるだろうか。郡山にいた斎藤千が、佐倉村にいた高橋晴雄が、地区委員会にいた鈴木信が、松川にいた佐藤一がユーレイのように集り、小針一郎の頭の上で、多くの人々の目の前で、テンプク謀議をするなんて。

一方東芝では、八月十二日、組合員から父のようにしたわれていた杉浦委員長はじめ、熱心に組合運動をしていた労働者に対して一方的な馘首通告が行われ、それに加えて十三日の朝みんなから愛されていた円谷執行委員が逮捕され、憤懣ではちきれそうになっていた風船玉がぐっと押しつけられた時のように怒りが爆発し、全工場にひろがり、《団交をやれ》《みんなの力でぶっつかれ》と叫ぶ声が、大衆の中からぐいぐいと突き上げて来た。会社側はかすみのようにかくれて、猫の子一匹もいない。

《探せ探せ》組合員は口々にどなりながら手分けして探した。《課長》杉浦委員長が、門をノコノコと出て行こうとする工場長代理小山生産課長を見つけて呼びとめた。このニュースは電波のような速さで全工場につたわり、俄然いろめき立った。《ソレッ!》と組合員は、スクラムを組み、インターを高らかに歌いながら、天王原工場事務所に流れこんだ。室内の空気はみんなの怒りで打ちふるえている。《首切を撤回しなさい》杉浦委員長の声はゆったりとして静かだが、底力ある確信がみちている。《私は会社の責任者でないので……》オドオドして課長は答える。《お前は工場長代理ではないか》《返事が出来ねーなら辞職しろ》大衆は切実な怒りをぶつけた。

こうして団体交渉が進められる。一方、前原工場技術課に集った青年部の精鋭、今獄中にいる佐藤代治、二階堂武夫を始め高橋、久能、野地、蓬田、丹治、西山常任委員が今後の闘いについて白熱的討論を交わし、東芝労連から派遣され十一日に松川に着いたばかりの緻密な、理性に富んだ、小柄な、見るからに精悍そうな佐藤一はつかれた色も見せず、一語一語力強く加茂川岸工場に加えられた不当弾圧に対する尊い闘いの教訓を報告した。白熱的討論は一時間半にわたって行われ、佐藤代治、二階堂武夫を中心に結束はますます固まり、長期戦の決意とゆるがざる確信を得た。

佐藤一は終始みんなの討論に熱心に耳を傾け、全工場の空気を一刻も早く吸い取ろうとしているかのようである。技術課の時計は十一時半をまわっていた。青年部常任委員は天王原工場の団交に加わった。にえきらぬ会社側の態度に対して、くいかかるように正午をつげるサイレンがうなった。三時間も続けられた団体交渉。責任ある回答は何一つ得られない。交渉打切。十二時半はとっくに過ぎた。やがて杉浦委員長、佐藤一中央オルグを中心に、三百人の仲間が集った。《会社には誠意がない》《今後、どう闘うんだ》《よし今後の闘い方を直ちに各職場に帰って決めよう》ということにきまった。前原工場では、各職場が合同して拡大職場会議を開くことにきまり、スクラムを組んだ一団がインターの歌声をひびかせて前原工場へと向った。顔々々。その中には佐藤代治、菊地、浜崎、大内の生き生きした顔が一段と目立って輝いている。てりつける太陽は幾分西にかたむいている。もう一時を廻ったろうか。――幻ボーギに出席したと言われた人々。

十三日国鉄支部事務所の幻ボーギに出席したという佐藤一。東芝で行われたボーギに出席したという杉浦、佐藤代治、二階堂、大内、菊地、浜崎は大衆と共に、あるいは団交に、あるいはスクラムを組み、あるいは委員会に、拡大職場大会に、三百名のはがねのようなかいなに囲まれて、幻ボーギ等夢にも考えず闘い続けていた。——八月十四日、闘いは着実にすすみ、八月十五日を迎えた。検察庁、警察署、県高官につながる五百万円不正事件のビラは各職場に流れ、街頭にはり出され、黒山の人々が見入っている。《ひどい奴等だ》《やれやれ》口々につぶやきながら、入り代り立ち代り通行人が集っている。

農村にもビラは持ちこまれた。一方福島県のどまん中にある郡山市公会堂では、県下の各工場から代表者が出席し、工場代表者会議が開かれ、相つぐ工場閉鎖、馘首に対して、いかにして民族産業を守るか真剣な討議が行われている。その中には、国鉄の武田、斎藤、岡田、東芝の二階堂等の真剣な顔も見受けられた。東芝の馘首反対のビラ、県高級官僚の不正のビラは、影ぼうしのようにどこへ行っても見受けられる。六月三十日から労働者に加えられている弾圧。平地区労働者の百人をこえる検挙。会津地区広田工場労働者、福島郡山地区国鉄、全逓、東芝の百数十人におよぶ労働者の検挙。しかし労働者はへこまない。ギリシャ神話に出て来るアンテゥスのように、母なる大地にガッチリと足をすえ、相手の最もいたい疵口（きずぐち）にぐいぐいと喰いこんで行く。佐藤一オルグは闘いを全体的にながめ、きびきびと闘いを処理し、人員を配置し、自分自身はもっともじみな、又最も重要なビラ書きをやったり、指導したりしながら、彼の注意は常に大衆の気分にそそがれている。団体交渉が行われている。杉浦委員長、太田副委員長、全執行委員、それに加わった佐藤オルグ。会社側は鷲見工場長以下の面々。佐藤一はするどく追及する。見たことのない男が発言したのに驚いた工場長は、杉浦委員長に抗議を申しこんだ。杉浦は《この人は松川工場分会の上部機関である東芝労連から派遣された人で、団交に出席する資格がある》旨答え、引続き又交渉に入り、組合側の正しい主張は真向から突き進んだ。正午を知らせるサイレンが鳴った。工場長は正義の刃から逃れるように、休けいを申し入れた。佐藤一は昼食を取り、綿のようにつかれた身体を横たえた。貪欲なタヌキのいるところに、必ず不正がつきまとっている。東芝松川工場も例外ではなかった。《終戦時のイントク物資キリ油の入ったドラム缶五、六十本を日暮里工場に横流しし、帳面づらは法外な廉価で売却したようにごまかして着服している》等々の事実について、東芝労連に不正事件の調査資料を取りに行き、今朝、暗い中に帰って来た紺野三郎は、佐藤一の寝ていた室に入って来て、杉浦委員長と二人にてきぱきと報告している。三人は《配給されたホームスパン、二十八着の中、三着を三百人の従業員に渡し、残った二十五着を会社側でとってしまった》資本主義的分配の標本みたいな事実についても語り合っていた。ここでも又、不正に対する闘いが準備されている。二人はふたたび大衆の中に足を入れた。佐藤は、ポスターカラーでどしどしと美しいビラを作った。——国鉄事務所で十五日昼頃列車テンプクの「具体的ボーギ」に出席していた佐藤が、同じ時刻に会社側との団体交渉に出席したり、会社側の不正を調査したりすることは不可能である。——一方《日和見主義者某の影響を受けた》《地協会長のT君は……だ》等々、全逓の労働者が真剣に批判し合い、今後の闘いについて討議している。鈴木は片隅で真剣に耳をかたむけている。総同盟傘下労働組合サクラ計器の従業員が、日共福島地区委員会を訪れ、全逓の人々のすぐ側で、組合運動について、工場の首切案について、お互いに討論が始まった。鈴木は、全逓の会議からぬけて、サクラ計器の労働者の討論に聞き入った。如何に押えようとも、如何に弾圧しようとも、労働者はすくすくと成長し続けている。弾圧、それは来たるべき春にそなえて踏みつけられる麦のようなものだ。麦踏みの歌、それは労働者の歌うインターに違いない。スクラム、スクラム、鋼鉄のかいなを通して流れる労働者の血潮。弾圧を通してつちかわれる伝統の闘魂。町から、村から、各工場から、闘いの歌声が聞える。斎藤、武田、岡田を郡山に送り、渡辺が郡山ブタ箱に入り、鈴木は地区委員会で共産党のしごとをすすめているので、八月十五日の国鉄支部は、名実ともに閑散となり、本田は田村千枝子と、飯沼敏は羽田照子と美しいスクラムを組んで、何カ月目かの映画鑑賞に出かけていた。不眠不休の闘いから来たつかれをいやし、明日へのエネルギーをつちかう為に。——このような美しい事実を無視して、八月十五日のテンプク謀議をいったい誰がやったと言うのだろう。当日その場所にいた白薔薇のように美しい照子さん、千枝子さんや若い血潮をたぎらせている敏さん昇さん達がやったと言うのだろうか。——八月十六日一方的馘首、不当逮捕、低賃銀、会社側のイントク着服、かすめられたホームスパン、組合員の血は弾圧や不正に対するうっぷんでどよめいている。

怒りが舌の先までつき上げて来る。《ストだ》《ストライキをやれ》と言う空気がみなぎっている。その気分を見抜いていたかのように、《十七日二十四時間ストを決行せよ》と言う電報が、東芝労連から着いた。午後二時大会開催。《議長、議長》波を打つように身体がゆれたかと思うと、一斉に手が上った。板金工場の定盤の上に五～六分もかからずにみんなの手で設けられた席に坐っている議長は、らんらんと輝いている数百のまなこにいすくめられてか、指名するのに戸まどいしている。《私は提案に賛成します》《俺はがまんが出来ねー》《二十四時間ストを打つのが、一番良い方法と思います》《全面的に賛成》大会が開かれ、みんながら腹の中のにえくりかえるはらわたをどしどしと出し合い討論し合ってから、既に五時間以上経過している。だがみんなの眼はつかれを見せるどころか、ますます輝きを加え、杉浦委員長のスト提案をめぐって、我先にと決意を表明した。ただ一人、事務課のKは、ストライキをうたせまいとして必死にくい下がった。

《中央にいつスト権を委任したか》《議事録をたしかめろ》しかし、彼の発言は、かえって労働者の怒りに油を注いだ。《ストライキは俺等がやるんだ》《採決しろ》《決をとれ》議長はおもむろに会場を見渡してから、《採決に入ってよろしゅう御座いますか》異議なしの声が天をついた。《それでは採決に入ります》一段と高い声を上げた。場内はピンと緊張した。《二十四時間ストに賛成の方は挙手願います》一斉に手が上った。K君の意見に賛成する者は一人もいない。Kも泣き笑いをしながら恥かしそうに挙手した。《反対の方》《保留の方》議長は次々と確認した。反対の者は一人もいない。満場一致で翌十七日二十四時間ストが決定した。場内にわれるようなカン声が上った。陽はとっぷりとくれ、外は真暗であった。だが労働者は、漆黒のような暗の中に、団結の力を見出し、希望と感激に輝いている。時計は八時半をまわっている。青年部は、引続き、翌日からの宣伝隊の編成を行った。《友誼団体の人達と懇談会をやろう》誰言うとなしに話がまとまり、民青の村瀬武士、小尾文子、地区労の加藤謙三を交え、杉浦、佐藤一、佐藤代治、大内、太田、浜崎、菊地、二瓶立身、菊地康夫の十二名が集って、懇談会が開かれた。大会に対するいろいろな批判が各人から出された。《長野の川岸などはすごかった。組合員の数より農民の数の方が多いんだからなーあーでなければならないよ》と佐藤一は、川岸のすばらしい農民に守られて行われた大会のもようをまぶたに思い浮かべながら発言した。《そうだ。松川はまだまだ不充分だ。東芝工場内だけの闘争から一歩も出てない》《若人の集いを通じて訴えよう》と佐藤代治が言うと、《若人のつどいって何なの》と文子が聞いた。《東芝と全逓松川の若人が中心になって、松川地区の若い者が集って、意見の交換をする会なんだ》《女の人も来るの》《ああ》《そいつを発展させなければならない》《そうだ》話はつきなかった。福島へ帰らねばならない村瀬、小尾、加藤等をはこぶ汽車の時間が迫って来た。みんなは今が盛りと咲いている話に名ごりを惜しみながら、懇談会を打ち切った。――このような懇談会のどこが列車テンプク謀議だと言うのだろうか。外部の人村瀬、小尾、菊地康夫、二瓶立身らを交えての懇談会が、どうしてバールとスパナ盗み出しの謀議になるのだろう。――ストライキ。団結の力を示すストライキ。労働者の血は感激でうちふるえている。《明日のビラ張りの準備をしよう》誰が提案するともなく、二階堂武夫、浜崎二雄、菊地武、小林源三郎、大内昭三、二階堂園子たちは自発的にビラ書き、ガリキリを始めた。時間は労働者の感激をのせて刻一刻過ぎて行く。若者達は忙しく独創的な仕事を進めている。時計は十七日の零時を指し示し二十四時間ストに突入した。労働者の団結の力が実行に移された。〇時、一時、二時ストライキ日の時間が正確に過ぎて行く。突然、労働者のストライキを妨害する事件が引き起った。三時〇九分、東京より二六一粁二百五十九米四糎の地点で、上り急行四〇二列車がテンプクし、三人の労働者の命を奪った。俺等の仲間はむざんにも汽車の下敷となって即死した。《挑発だ》だれもがそう感じた。首切反対闘争を妨害した下山事件が、国鉄首切発表の翌日、七月四日に引き起こされたことは記憶に生々しい。第二次首切には三鷹事件が引き起された。そして事件とは無関係の、共産党員並びに組合幹部がどしどしと逮捕された。今また東芝の三百名がストライキに突入したこの日にこれから宣伝に重点をおいた長期の闘いを組織的に展開しようと決意している感激の日に奇怪な事件が引き起こされた。あまりにもしつような労働者弾圧のインボーだ。《困ったことが起きた。労働組合が弾圧されるのではないか》これは杉浦委員長を始め、三鷹事件を知っている者は誰もがそう考えた。最初からきまっていたかのように我々の心配が事実となり、労働者は次々と逮捕され、労働組合は決定的ダゲキを受けた。九月十日赤間勝美を逮捕、十日間もいじめ上げて口実を作り、九月二十二日佐藤一、浜崎、鈴木、阿部、本田、高橋、二宮、菊地。十月四日杉浦委員長、太田、佐藤代治、大内、小林。十月十七日二階堂武夫、二階堂園子。十月二十一日武田委員長、斎藤、岡田、本田、加藤の列車テンプクとは縁もゆかりもない二十名の労働者が次々と逮捕され、あくなきファッシストは更に東芝労連を、国鉄中闘を、東北地方委を、日共本部を弾圧しようとねらった。人なき所に人を集め、幻謀議をデッチ上げ、妻と寝ている高橋を、病気であるけない高橋を、テンプク現場に引っぱり出し、国鉄支部に寝ている本田を真夜中にあるかせ、自宅に寝ている赤間を、東芝の寮に寝ている佐藤一を、組合事務所に寝ている浜崎を、テンプク現場にひっぱり出し、見たこともないバールをにぎらせ、小林、大内、菊地にバールとスパナを盗ませたファッシストの事実無根のデッチ上げ。しかし、このデッチ上げは九十五回の公判で完全にバクロされた。それにもかかわらず、我々は死刑を宣告された。夢にも見たことのない事件で死刑囚の中に叩きこまれている。しかし真実は強い。いかに巧みに糊塗しようとも、真実は蔽いかくせるものではない。真実は労働者と共に不滅である。五十数名の証人を始め幾多の証拠が十九名とは全然別の行動を取っており、みんなの行動を何も知らない鈴木がこのような記録を書けるほどハッキリと当時の二十名の動きを浮きぼりにし、我々の無実を証明した。それよりももっともっと我々の無実を証明したのは、我々に死刑を言い渡した裁判長が神経衰弱になったことです。一生涯忘れ得ないあの判決日の長尾裁判長の権力におびえ、良心に苦しみもだえるあの姿こそ本事件のすべてを物語っているのです。　以上

（一九五一年八月二十九日）

私の調書はどのようにして作られたか

赤間　勝美

――原判決で証拠にして居る赤間調書がどう云う取調べの中で出来たかは次の通りです。

私は九月十日午前六時頃働いていた福島市太田町の村山パン屋から金間刑事に福島地区警察署に任意出頭と云うことで連れて行かれたのです。そしてその日の夜午後十一時頃まで調べられて暴力行為と云う逮捕状が出されました。

しかしその日から私の調べられたことは暴力行為と云う去年の「ケンカ」のことでなく身におぼえもない列車転覆のことでした。そして一日毎にその取調べは「ヒドク」なって行きました。そして暴力行為が釈放になる九月二十一日の夜まで脅迫と誘導と拷問で身におぼえのない列車転覆という恐ろしいことを無理々々に押しつけられて行く毎日だったのです。

私は九月十日任意出頭で福島地区暑に連れて行かれて最初の取調べは金間刑事に伊達駅事件で保釈になった以後の行動や退職金を貰ってどうしたかという事を調べられました。そしてその調べは直ぐ終ったので看守巡査の休んで居る室で休ませられ、休んでいるうち今度は武田部長に呼び出されました。最初は退職金の事や自分の財産の事を調べられたのです。そしてその調べが終ると今度は全然身に憶えのない八月十六日の晩安藤や飯島に今晩列車の転覆があると云ったろうと私に恐ろしい目をして云ってきたのです。私は全然云ったことはないので、有りませんと答えました。すると武田部長は「なに云わない……嘘を云うな安藤や飯島がお前が今晩列車転覆があると云ったのを聞いているのだ」と声が大きくなって「誰にその話を聞いた」といじめられるので、私は誰にも聞かないし又其の様な事は全く云った憶えがないので本当にその様な事は云いませんと云うと、武田部長は「お前が云わないと云うのは嘘だ。安藤や飯島が云って居るから嘘だ」と云って、今度は安藤や飯島を私の前に連れて来て、私が云った事がないのに、八月十六日の晩列車転覆があると云ったと云わせるのです。そして武田部長は「安藤や飯島がこの通り云っているから云わないと云うのは嘘だ」と云っていじめられるので私は全く困ってしまいました。そして今度は安藤や飯島が、私が虚空蔵様の辺りで黒い服をきた者と一緒に歩いていたなどと云ったので、武田部長はその黒い服をきた者から聞いたのだろう、その者は誰だか云え云えと有りもしない事迄云っていじめるので、本当に困ってしまったのです。それでも私はその様な者と歩いていないからそんな者と歩いた事はないと云うと武田部長は、「お前が歩かないと云うのは嘘だ嘘だ」と云っていじめるので、私は本当に嘘ではありませんと云うと武田部長は、「それじゃ誰に聞いたか早く云え」とせめるのです。それでも私は全然知らないので知りませんと云うと武田部長は、「お前が列車をひっくりかえしたから云われないんだろう」と云うので、私はそんな事はないと云うと武田部長は、「それじゃ誰に聞いたか云え云え」とさんざんいじめるので私はほんとうによわってしまいました。もう私が何を云っても駄目なのです。そして同じ事を何回も何回も云っていじめられるので、警察に対する恐怖心が益々つよまってくるのです。そしてその日の午後十一時半頃暴力行為で逮捕状を出されたのです。

しかし其の日暴力行為に関する取調べはほんの一時間位だけでした。そして次の日は取調室に出されると直ぐ武田部長に「黒い服をきた者は誰だ、誰にその話を聞いた、それを云え」とさんざんせめられるので、私は益々よわってしまったのです。それでも私は誰にも聞いた事はないと云うと武田部長は「お前がやったから云われないんだ」とか「南や国分達と一緒に列車をひっくり返したんだろう。だいいち赤間らが斎藤魚店の前を通ったのを伏拝の自転車預所に居った青年団の者等が見ていないから、お前等がひっくり返したんだろう」と云ってせめてくるので私はほんとうに困ってしまいました。弁解すると怒鳴るのです。そして誰から聞いたか云え、云えと云っていじめられるので私は益々くるしくなり、このくるしさにたえきれなくなって松川の者に聞いたと嘘を云ってしまいました。すると松川の何と云う者から話を聞いたかとせめるので、私は野地とか丹野とかは松川の方にそう云う名前の者がおおいのを知っていたので、私は野地とか丹野とか云う者に聞いたとあやふやな事を云ったので、直ぐバレてしまったので、武田部長に嘘を云った為にさんざんいじめられ、そして武田部長に「お前が話を聞いた黒い服をきた者は、国鉄の組合の者だろう。国鉄の何という者だ」と私の全然知らない事を云ってせめるし、私は又あやふやな事を云うといじめられるので、私は誰にも聞いていないから知りませんと云うと武田部長は「お前が知らないと云うのは嘘だ、お前は知っているから云え」と云ってせめるので、私は益々困ってしまったのです。私がくるしくなってよわねをはいたことが益々自分を苦しめて行ったのです。

そしてこの日はこう云う取調べを何度もくりかえしくりかえし続けられたのです。そして次の日も取調室に入ると玉川警視と武田部長がいました。「今日は誰に聞いたか云え」と云ってせめはじめたのです。私は全く知らない事をせめられ何を云っても怒鳴られるのでどうしてよいか困ってしまったのです。そして午前十時頃から今度は玉川警視に「お前は女に強姦して居るから強姦罪や其の外の罪名で重い罪にしてやる」と六法全書を見て云われ、それに皆の前で実演させると云われるので、私は強姦なんかしていないけれども実演させると云われたので本当におそろしくなって、それはやめて下さいと云うと玉川警視は「それでは誰に聞いたか早く云え」と云ってせめるのです。それでも本当に誰にも聞いていないから云った事はありませんと云うと玉川警視は「お前が聞かないと云うのは嘘だ、嘘をつくな」と云っていじめられ、そしてお前が云わないならば、実演させてやる。女もお前に強姦されたと云って居ると云ってその女の強姦されたと云う部分の調書を見せられたので、私は益々おそろしくなってどうかやめて下さいと云うと、玉川警視は「それじゃ取消しにしてやるから早く云え」とせめるので、私はほんとうに聞いていないと云うと、警視は「嘘を云うな。お前が嘘を云ってばかり居ると一生刑務所にぶち込んでやる」とか、「伊達駅事件の保釈も取りけしてやる。お前はこう云う事やこう云うことをやって居るから一生刑務所から出られなくしてやる」とか「零下三十度もある網走刑務所にやって一生出られなくしてやる」とか六法全書を見せて云われるので私は云いようのない本当におそろしい気持になってしまいました。そして次から次に誰から聞いたとか、お前がやったから云われないんだろうと云うので益々くるしくなるばかりだったのです。そして玉川警視には「お前がやった事は大した事はないんだ。一番は大者だから早く云え早く云え」とせめるので私は益々くるしむし、私が本当の事を云うと玉川警視等は「チンピラ共産党嘘を云うな」と云っていじめられるし、私は本当に答えようがなくなってしまったのです。それに玉川警視等は「皆んな赤間が転覆させたと云って居るんだぞ、三鷹事件も共産党がしたのだ、松川事件も共産党がさせたのだ。それに関わらず赤間が列車をひっくり返したと云っているんだ。本田は赤間がさせたと云って居る。大したこともないお前が自白しないで情にからまれ皆んなとおなじ重い罪にされてもよいのか。だから早く云えと云うんだ」とせめるし、玉川警視は「国鉄の労組で聞いたんだろう」と云うので私はくるしまぎれにそれに合せて国鉄労組事務所に水をのみに寄った時、その列車転覆の話を聞いたと云ったのです。すると玉川等に其の様な重大な秘密会議をして居るのに知らない者がいっても出来るはずはない嘘を云うなといじめられ、お前も転覆の相談をしたんだろうとせめられるので私は相談なんかしませんと云うと玉川警視等は、「それじゃ誰がやったか早く云え」と又目茶ク茶になって無理にせめてくるので私は全く困ってしまいどうしてよいかわからなくなってしまったのです。

「お前がやったから云われないのだ。お前は、列車転覆の容疑者として一番重くしてやれば死刑か無期だ」と云われるので本当に死刑にされてしまうのかと思うようになってしまいました。それに武田部長から「早く云って玉川警視に寛大な処置を取って貰え」と云われ、私は玉川警視に「御寛大な処置を取って下さい」と頼むと、玉川警視に「嘘ばかり云って御寛大な処置があるか」とさんざんいじめられ、私はどうしたらよいか本当に泣き出したい気持になってしまいました。しかし其の晩私が十二時から一時迄に帰っている事を婆ちゃんは知っていましたので、私は婆ちゃんに聞いて下さい、婆ちゃんは私が寝ていることを知っているのですと頼みました。ところが武田部長は「お前のお婆さんは二時頃迄目をさまして居ったがまだお前が帰って来ない。四時頃小便に起きた時もまだ帰って来ない。お前がいつ帰って来たか判らないと云って居る」と云われ、そして私が何時帰ったか判らないと云う調書を読んで聞かされ、婆ちゃんの名前を見せられた時、私は俺の無実を証明してくれる人がいなくなったと思ったので目の前が暗くなってしまうようでした。私はもう一度お願いしました。そして「婆ちゃんはきっと知っているんです。もう一度聞いて下さい」と頼んだのです。すると玉川警視や武田部長に「いつまでもそんなことを云っているとお前の親兄弟全部を監房にぶちこむぞ」と怒鳴られてしまいました。私は本当に親兄弟全部が警察にぶちこまれるかも知れないと思って益々おそろしくなって、もうどうにもならないと云う気持になってしまったのです。そしてこのように一週間以上の脅迫誘導拷問が朝の九時から夜の十二時一時頃迄もされ、夢中に眠く、すっかり疲れて死の恐怖の取調べはもうたえられなく苦しくなっていました。そして頭が痛いから休ませて下さいと頼みましたが、武田部長からは夜通しで調べると云われるのです。

私は死ぬよりもつらいことでした。この脅迫や拷問の取調べから救われたい為に明日云うから寝させて下さいと頼んでしまったのです。

そして翌日取調室に入ると直ぐ玉川警視から「明日云うと云ったから早く云え、早く云え」とせめられてもう弁解することは出来ませんでした。そしてとうとう最後迄真実を守り抜く事が出来ずついにその日の午後虚偽の自供をさせられたのです。そして虚偽の最初に出来た調書では汽車転覆の話は玉川警視等に云われる通り、八月十五日国鉄労組の人達と相談して聞いた事にしてしまったのです。私は玉川警視等に国鉄労組で列車転覆の話を聞いたんだろうなどといじめられ、そして信用させられていたので、私は国鉄の労組の人達が本当にやったものと思い、私はこれらの人達の為にいじめられると考えると憎らしくなっていたのです。又、鈴木信さん、二宮豊さん、阿部市次さん、本田昇さん、高橋晴雄さん、蛭川さん達をどうしてこの謀議に出席したとデッチ上げたかと云うと、鈴木さんや二宮さんの場合は、八月十七日から十八日の新聞に二宮さんと武田さんがこの事件のことで出ていたのでこの人がやってると思ってデッチ上げたのです。そして武田さんが新聞に出ていたのを鈴木さんとばかり思って鈴木さんを謀議に出席したとデッチ上げたのです。阿部市次さんの場合は組合の人達がやっているならば阿部さんもやって居ると思い、憎らしくなってデッチ上げたのです。本田昇さんの場合は国鉄の幹部で労働組合の事務所に居る者でつまり党員だと云っておられたし、又本田と云う者は自分がやったのに赤間が転覆させたと云って居ると云われたので本田さんを憎んでいたので謀議にデッチ上げたのです。高橋晴雄さんの場合は警察から高橋と云う者はアリバイがくずれて居ると云われた事があったので高橋さんは関係して居るなと思ってデッチ上げたのです。蛭川さんの場合は警察から相談の席に誰々が居ったろう、誰々が居ったろうと云われたのでそれを利用して蛭川と云う者がいたかも知れないと云ったのです。私は本田さんも高橋さんも蛭川さんも知りませんでしたがもうどうでもよいと云う気持で警察の云う通り合わせて云ったのです。そしてこの様にして八月十五日の謀議や人の名前が出来たのです。

そして玉川警視からいつ相談するから来いといわれたのかと聞かされたので、私は伊達駅事件の打合せに行ったとき聞いたと云って十一日を間違えて十三日と云ったのです。そして阿部市次さんに言われたなどと有りもしない様な事をデッチ上げたのです。それから八月十六日の晩については十二時過ぎに待合せた場所は永井川信号所の踏切詰所の南の道の処でそこから真直ぐ行って信号所の東側を通って南の踏切を出たと最初供述させられたのです。それが後で武田部長が歩いて来て本田清作がお前等三人を見たと云うからお前等三人の通った道は信号所の処でなく本田清作の家の前を通ったんだろうと云われて私は実際歩いていないから武田部長の云う事と合せて返事したのです。それから最初に云わせられた帰りの道順は金谷川のトンネルの処から山の山道を通って線路の東側の田圃に出たと供述したら、後で武田部長が、私の云った通りの処を歩いて来て、山に道がないのでどうしても歩かれないので帰ってきてから私に「山に道がないから割山の線路を通って来たんだろう」と云われたので、私は歩いていないから武田部長の云う事に合せて云ったのがそうなったのです。又赤間調書の道順がくわしく書かれている訳は、私が前に線路工手をして居ったので、松川や金谷川方面を何回も歩いた事があるので道順を知っていたのです。それから又最初から道順がくわしく書かれて居るのは、調書を書く前に私から云わせた事を「メモ」を取ってそうして武田部長が歩いて来てから調書が完了したから道順がくわしく書かれて居るのです。

それから赤間調書の帰り道で浅川踏切附近の神社の前を通った事になったのは玉川警視に「お前等三人が帰り道に浅川踏切附近の神社の処で『ホイド』（乞食）が見ていたと云うから神社の前を通ったろう」と云われたので私はそれに合せて通りましたと云ったのです。それで神社の前を通った事になったのです。それから現在ある赤間調書の列車番号と列車と出合った場所及び手袋等や森永橋の処で肥料汲の車等に会ったと云うのはどうして調書に出来たかは次の通りです。

最初に列車関係を云うと、一番先に出来た調書一五二列車と一一二列車しか書かれませんでした。

一五二列車の列車番号は警察の取調に玉川警視からおしえられ、そしてこの列車と浅川踏切の手前あたりで会ったろうと云われたので私はそれに合せていい位な事を云ったのです。一一二列車は取調べに玉川警視から一一二列車の大西機関士がお前等五人の者をここらで見たと云うから一一二列車と合ったろうと云われるので、私は知らないけれどもここらで会いましたと合せて云ったのです。そして検事調書には「大西機関士に顔を見られたことは検事さんに初めて知らされた」と書いてあるが大西機関士が見ていたと云う事はこの時聞いたのです。それから一一五列車と六八一列車は九月二十九日頃保原で山本検事に私が図面を書き終って山本検事に見せたら山本検事はその図面に一一五列車と六八一列車がないので私に一一五列車と六八一列車番号をおしえて其の列車とどの辺で会ったかと云うので、私は一五二列車の直ぐ後の列車だとおしえられたので、それに合せて自分でいい位な距離を作って云ったのです。

（「控訴趣意書」より）

この犯罪を見よ

大内　昭三

私は松川事件の容疑者として不当にも逮捕されて、ついに最後まで真実を守り抜くことが出来ず、心にもない嘘の自白をした一人です。それがため十九名の同志に、そして家族の人々に、それから全党に全労働者階級に、そして全人民にどれだけ迷惑をかけたことでしょう。……ここにあらましを申し上げて深く深くお詫びいたします。

先ず私が逮捕される前の状況から申上げます。それは二四年八月十七日、列車の転覆事件が起るとただちに商業新聞は一斉にデマ宣伝を開始し、なんとか東芝松川工場労働組合と列車転覆事件をむすびつけようとヤッキとなっていたのです。例えば八月十六日朝「今夜三鷹事件以上の事件が福島県下におきる」と太田さん（被告人太田省次）の奥さんが言ったと、読売新聞（二十四年八月二十日付）等がデマをふりまいていたのです。

その頃、東芝松川工場にも三十二名の首切りが発表され、東芝松川労組はこの不当極まる首切りに反対し、立上り、たたかいのまっさい中であり、八月十六日、その日は組合大会を持ち夜の八時半まで熱心に討論が重ねられ、絶対多数を以て翌八月十七日には二十四時間ストライキが決議されました。

その日大会後間もなく「細胞会議やるから残ってくれ」と言われたので、今晩は八坂寮に泊らなくてはならないと思ったので、早速二階堂さん（武夫）に寮に泊れるかどうか、頼んだ。それは、私が二本松から松川町まで汽車で通勤して居り、松川町―二本松間の距離は五里もあるので、松川駅発午後八時四十分の最終列車に乗って帰らなかったらどうしても泊るよりほかなかった。そして会社側は馘首された者は八坂寮には泊めないと受けつけないので二階堂武夫さんに頼んだ。その後労働組合に行ったら、今日の大会に友誼団体から出席した福島地区労会議の加藤謙三、民主青年団福島県本部村瀬武士、同小尾史子さん等の帰る汽車の時間が少しあるので、懇談会をやろうということになり、八坂寮で開かれ、東芝労組からは組合長の杉浦三郎、副組合長太田省次、東芝連合から派遣された佐藤一、青年部副部長佐藤代治、青年部員浜崎二雄、同菊地武、同菊地康雄、同二瓶立身さん等と私であった。

懇談会が終ったのは午後九時二十分頃で友誼団体の人達と菊地康男、二瓶立身、菊地武さん等は帰っていった。そこに残った私たちは、今日はあまり遅くなったので細胞会議を中止した。それですぐ組合事務所へ浜崎さんと二人で帰っていったら、二階堂武夫、二階堂園子、小林源三郎、菊地武、伊藤昇さん等が居り、私は二階堂武夫さんに寮にとめて貰うように先に頼んで居ったので、寮に泊めて貰われるかどうかと聞いてみたら、菊地武君の部屋に泊めて貰えるように頼んだということでした。二階堂武夫さんも同じ汽車通いなので、「武夫さんはどうするの」と言ったら、組合事務所で徹夜で明日のストのビラを書くというのでした。それで、私は自分だけ寮で寝るのが申訳ないと思い、私も組合事務所でビラを書くと言ったら、小林、菊地、浜崎さん等もビラ書きを手伝うと言って組合事務所に残り、翌八月十七日の午前二時頃までビラ書きを続け、おもいおもいに、寝る設備のない事務所の板の間に、新聞紙をフトンにして、下駄をまくらに、私たち浜崎、小林、菊地君はぐっすり寝た。二階堂武夫、二階堂園子さんたちは仕事を続けました。

――午前五時頃、半鐘がなり「火事だ」と武夫さんから言われて起され、外へ出てみたが火事の様子は見えないので、また寝てしまった。――午前六時過ぎ起床して、本日（八月十七日）のビラ貼りに使うノリがないので、松川駅前の粉屋に粉を買いに出かけた。行く途中松川駅には乗客が一杯集まって居り、何かあったのかなァーと思いながら行ったのですが、ちょうどその時、同工場（現北芝松川工場）で働いている人に会い、「何かあったの」と聞いたら、私が何も知らないのでおどろいていた様子だった。そして、列車が転覆した事をおしえられ、おどろいてしまった。

――早くも刑事は二、三日過ぎて私の家の近所に来て、私のことや、家庭のことを聞いていたらしい。私のとなりの家には、しょっちゅう来ていたらしく、となりのおやじさんと会うたびにこんなことをよく聞いた。

「全くうるさくてあやまった……」

このように関係のないのに、何か引きだしてやろうとヤッキとなっていた。そのため私は弾圧があるのではないかとつらつら動揺を覚え始めた。そして敵の権力にも非常に恐ろしさを覚えた。

日がたつにしたがって、動揺は高まる一方闘争意識はにぶり、首切りになった私はこれから先のこと、家族のことを真剣に考えるようになったのです。

私の家族は、家庭的には何一つとしてめぐまれていないのです。父に昭和二十一年に死なれ、母は私が小学校五年のときから病気（中気）になったのです。それからというものは口に言いあらわしようがありません。全く苦しい生活を続けていたのです。

働き手は私一人、三千円たらずの金ではどんなことをしたって一カ月は絶対食って行くことは出来なかった。食べずに工場に行ったことは一度や二度ではなかった。……妹は学費さえもまんぞくにもって行くことができなかったので、とうとう製糸工場に入って働くことになったのです。この妹の給料は一カ月千円、とうとう、私が首切となる二カ月前から、生活保護法を受けるようになり、それを合せてやっと五千円足らずになりました。けっしてらくな方ではなかった。

こうした生活の中心になっていた私が首を切られ、これほど大きな打撃はなかった。……真剣に考えれば考えるほど、先はまっくらになり、途方にくれてしまった。組合活動なんかしなかったら馘首になんかされなかったろう――組合に残っているのが馬鹿らしくなり、さっさと退職金を貰って早く職をさがした方が、何ぼかよいだろう、という考えが強くなった。

その頃、九月十八日、東北本線松川駅前にある「ウドン屋」の二階で土屋刑事部長に取調べられた。その朝まだ寝ているうちに土屋刑事部長ともう一人の刑事が来て、ちょっと聞きたいことがあるから、来てくれないか、と言われ、朝食もたべないし、今日午前中は少し用事があるからいかれないとことわり、午後はどうだといわれ、午後は何もないと言ったら、午後二時頃までに松川駅前のウドン屋の二階へ来てくれと言われて、私は首切られ、金も何もないのだと言ったら、日当百円くれた。そして午後二時頃行くことになった。

（その頃、私は組合に行くのがいやになり職を探す当てもなくぶらぶらして、ちょいちょい組合を休んでいた）

午後二時頃、松川駅前にあるウドン屋に行ったが、土屋刑事部長はいなかった。しばらくしてから来た。早速ウドンとゆで豆を買ってくれ、それを食べながら「お前は真犯人を知っているだろう……」と責める。さらに「犯人を逮捕すると三十万円の金が懸賞金として貰えるのだ……」又「俺に協力すれば、その半分やろう……」といい、そして八月十六日の行動について聞かれた。私はありのままの行動を述べた。

何も関係ないのに「お前は真犯人を知っているだろう」などと聞いたりするので、労働組合を弾圧するのではないかと感じ、ますます恐怖心がでてきた。その日は、調書も何も取られず六時頃帰えされた。

それで、組合をやめれば弾圧からまぬかれると考え、「組合運動をやって失敗した……。組合運動なんかやらなかったら首切りになんかされなかった……。組合運動から手をひいたほうがよい……」と口にするようになった。九月二十二日工場に入ったら、浜崎二雄さんが逮捕されたことを知り、全くおどろいた。私はいつまでも組合活動をしていると私も弾圧される逮捕されると考え、早速首切りを認めて工場も退め、組合からも脱退し完全に戦列から脱落してしまった。翌朝、佐藤一さんの逮捕を新聞で知り全くおどろいた。浜崎さんや佐藤一さんの無実は誰よりも私は知っていた。まさか俺までも逮捕するまい……。組合を脱退したので大丈夫だろうと思っていた。そして共産党も脱党すれば絶対に大丈夫だろうとそう考えていました。そして、もう二度と政治に関係したことをやらないときめていた。その頃は毎日、組合運動をしたことや、共産党に入党したことを非常に後悔して居った。

十月四日、その日の朝も大分寒かった。午前五時半頃だった。「オハヨー」「オハヨー」と何回も呼んでいた。おれはとっさに「きたなァー」とピンときた。寝たふりして黙っていると妹が目をさまして「誰か来た」と私を起し、そして妹が起きていったら私に用のある人だった。早速起きていったら、やっぱりけがらわしい鬼共だ。「ちょっと用があるから、したくしてくれ……」「逮捕状か何かあるの……」と少しふるえながら、さらに「……今日は忙しいからいかれないなァ……お祭でもあるし……」「お前がそういうと思って持って来た」と言って目つきの悪い部長らしい奴に逮捕状をつきつけられ、胸がどきっとした。

とうとうおれにも来たなあと思い、身ぶるいする身体をジッとこらえ、一度読みかえし、福島地区警察署につれて行かれた。

毎日、やったと言わねば死刑だ！　無期だ！　と脅かしから、甘い言葉で調べられ、組合運動をやらなかったなら……共産党に入党しなかったなら、逮捕をまぬかれたろう……。首切りを認めてすぐやめればよかった（首切りを認めれば八月十五日をもって解雇されたことになる）。そうすれば八月十六日の夜は家に帰っていたのになァ……今頃こんなところでいじめられることはなかったのにと、ぐちをこぼすようになり、ひそかに私たちを御指導して下さった組合の幹部の人たちを怨むようにさえなってしまった。

しかし先にも申したように、たたかいの戦列から脱落してしまい、おもいもよらない逮捕におどろき、組合運動をやらなければ……首切りに反対しなかったら逮捕されなかったと強く強く考え、自然と組合幹部を怨むようになり、組合幹部から列車脱線の話を聞いたと、取調官の誘導に迎合して、全く根も葉もない嘘の自白をするようになってしまったのです……。このだらしない行為。労働者として、全く恥ずかしい重罪……。私はこの罪を犯したんです。そして数時間に四つの謀議と列車転覆に使うバールとスパナの盗み出しに行ったことにされてしまった。「利己心とは真実を守れぬ弱さである……」

獄中で二年、鍛えられた現在のような私であったら、どんな拷問も、たとえ殺されてもどんな脅迫も又いくら誘導がなされようとも、決してあのようなだらしのない結果にはならなかったものと、深く深く反省しています。

はじめの取調べは、福島地区警察の二階取調室で武田辰雄刑事部長に調べられ、弁解録取書を取られました。そのときは恐ろしさで一杯で身体がいうことがきかなくなりました。それは取調官に聞かれた事についてては、くわしく述べましたところ、大声を張り上げ「今いったのは皆嘘だ」と叱られ、びくびくしていた私は口もきけなくなってしまった。

そして、家庭の状況について話して聞かされ、いくども泣かされて居りました。「お前がいなくなって家ではどうして生活するのだ。病気の母はどれだけ心配しているかわからないだろう。早く本当のことを述べて母を安心させなくてはならない」と情にからんで嘘の自白をさせようとする。これは何よりもつらい。

それで自分の本当の行動（八月十二日から八月十七日までの行動）を述べると、本当のことを「嘘だ」とさんざん怒鳴られ、そして家庭のことを責められて泣かされていた。「本当のことを述べて家に帰れるようにしろ……」と言うので八月十六日の夜の本当の行動を、記憶をよびおこしてくわしく述べるが、真実は一つも聞いてくれなかった。どう述べたら家に帰してくれるのかとばかり考えて居りました。

帰れるどころか、ますます帰れなくなっていくのでした。夜は同署の二階取調室で玉川警視、武田刑事部長に調べられ、そのときは恐る恐る取調官の前へ行ったら玉川警視は「大内」と呼んだのですが、私は黙っていたら武田刑事部長は私の脇に来て「大内、返事が出来ないのか、黙秘権を行使すると自分で自分の罪を認めることになるのだ」と大声で怒鳴られた。私は体がすくんでしまった。

更に玉川警視は「此の野郎、お前みたいなチンピラ共産党員になめられるような俺ではないぞ、関係があるから話が出来ないのだろう……それともお前は首謀者か。本件の首謀者は皆な死刑だ！　杉浦や太田や代治と一緒に死刑にしてやるぞ！」と言われた。私はただ恐ろしさで一杯で、ようやく口をきくことが出来ました。そして八月十六日の本当の行動をのべたら「嘘だ」とさんざん怒鳴られた。

話をしないと関係があると怒鳴られ、話をしても関係があると怒鳴られる、一体どうしたらよいのかわからなくなってしまい、そこへ玉川警視は「八月十六日の夜、外に出たろ――出たろ……」と責める。（八月十六日夜東芝労組事務所から出て行ってバールとスパナを盗みに行ったという意味）。私はどうしてよいか判らないので「知らない」と本当のことを述べたら、玉川警視は「知らないとは何んだ、一生涯忘れる事の出来ない日を忘れたとは何事だ、社会を騒がしたりして三人の人を殺してすまないとは思わないか……それでも良心があるのか、そんな人間は社会の害だ、生かしておくことが出来ない、死刑にしてやる！」と怒鳴られ、「早く自白して罪を軽くしてもらったほうが君のためだ」と言われた。私は何も関係ないのに死刑にされるのかと思いこまされ、死刑になるのかと考えはじめました。……無実の私は殺される、一体どうしたらよいだろう。……家には一刻も早く帰りたい。死刑になりたくないという気持で一ぱいでした。

嘘でもなんでも警察のいう通りになれば早く帰れると思ってしまい、玉川警視は「今夜はあまりおそくなったから、明日全部話をするると、それで取調べは終るが、話をしないならもっと取調べるぞ」と言われ、死刑にされるのが恐ろしさのあまり、取調官の言う通りになれば助かる。そして一刻も早くこの取調べの苦痛からのがれたかったので「明日申上げます」と、その場のがれを言ってしまった……。

五日もやはり取調べは続けられた。玉川警視は「今日は本当のことを聞かせてくれ」といって責めるのですが、いくら責めてもどのように言えばよいのか判らないので「前に申上げた通りだ」と言ったら、玉川警視は「何故そんなことを言うのだ、お前一人なら知らないと言って通すことも出来る、通してもやる。だが大勢でやったことだ。証拠も証人もちゃんとそろっている。絶対に確信があるのだ。お前たちが組合事務所から外に出て歩いている所を見た人もいるのだ。公判廷にいっていくらさわいだ処でだめだ、死刑からは絶対にまぬかれないぞ、だからかわいそうだと思って心配しているのだ、助けの道にはだかになってとびこんで来い」と言われた。

私は、組合事務所から外に出て歩いている処をみたという人がいるのでは、どうしても関係ないが取調官の言うように死刑からはまぬかれない。このまま殺されると思った。また武田刑事部長は「情状酌量してもらって、早く家に帰れるようにせよ、お前は機械的に命令でやっているのだから、早く本当のことを述べろ」と責め、嘘の自白をさせようとしている。

——取調べは続けられ、その日の夜、玉川警視は「いつまでも頑張っているなら俺が教えてやる……」と言って、見たことも聞いたこともない恐ろしい列車転覆のボーギ、鬼共の机上プランを聞かされた。

「お前たちは十六日（八月十六日）の夜、汽車をひっくり返す相談をしていた……」（八月十六日夜、八坂寮組合室で大会の批判会をし、その後十分位雑談していた）。それが列車転覆のボーギと言う。さらに「岡田は十三日（八月十三日）に連絡にいっている……」（八月十三日岡田十良松さんは東芝松川労組に、地区労の会費集めと福管事件で保釈になったお礼その他私用で来た）。「加藤も十六日（八月十六日）に連絡にいっている、聞いているだろう……」（加藤謙三さんは八月十六日の組合大会に地区労からアイサツに来た）。さらに続ける「お前たち三人は、組合事務所から上にのぼって八坂神社の参道に出て新聞屋の脇を入っていった。新聞屋の脇でお前たちは目撃されているのだ。帰りは鉄道官舎の脇を通り、井戸の前を通って帰って来たのだ」と言われ、油汗がたらたら流れて来た。松川保線区倉庫からバールとスパナを盗んで来たと言う。そしてさらに続ける「このように証人も証拠もそろっているのだ、外の者も皆自白しているのだ」と責める。しかしどうすることも出来ず、恐ろしさで一杯だった。そうしたら玉川警視は「これまで言われても、お前はいつまでも頑張るなら裁判所にやる意見書に厳重処分と書いてやるぞ、武田君（武田刑事部長）意見書を見せてやれ」と言った。武田刑事部長は「裁判所にやる意見書だ」と言って、私にみせ、さらに玉川警視は「いつまでも自白しないと福管事件や県会アカハタ事件にも関係しているから、本件と一緒にして意見書に厳重処分と書いてやるぞ」と言われ、更に続けて「この意見書は調書につけてやるのだ、そうすれば死刑か無期だ」と脅迫され、意見書のせつめいをしてくれました。これを聞いた私は、全くこのときほど恐ろしさを感じたときはなかった。俺はどうしても殺される！　死刑にされる……と思い不安で、不安でならなかった。頭の中はそれだけで狂いそうだった。

そのとき、長沢という刑事部長が小林源三郎さんの取調べを終って、私の取調室に入って来て、玉川警視、武田部長等に向ってどうですかと聞いた（私が嘘の自白をしたかという意味）。

玉川警視は、私が十六日の夜の本当の行動を述べた。そのことを長沢刑事部長に言ったら、長沢刑事部長は「小林も始めそんなことを言っていたが、あれは頭がよいから、死刑より三年くらいで済むなら三年のほうをえらんで一切を申上げた」（自白をしないと死刑、自白すると三年ぐらいで済むという意味）。それを聞いた私は、皆このようにして苦しめられ、嘘の自白をしたと思った。しかし小林までは嘘の自白はしないと思った。彼は県会アカハタ事件の参考人として取調べを受けたとき、モクヒ権でたたかったというのに、その彼がいま嘘の自白をしたということは信じられなかった。しかし取調官たちは真剣になって言うので、やはり私のように鬼共に脅かされ、ついに嘘の自白をしたと思った。（このときは小林君は嘘の自白をしていない）。取調官の言っている通りこの事件は死刑か無期しかない。……意見書に厳重処分と書かれれば死刑……どうしても死をのりきれない。みんなが嘘の自白をして、私だけがこのまま黙っていてはこのまま殺されると思った。嘘とは知っていたが、私は死にたくない。なんとしても病床の母や妹のそばへ帰りたいと思いつめてしまい、嘘でも何んでも取調官の言う通りになれば助かると思い嘘の自白をしてしまった。

とうとう私と小林、菊地の両君は、松川保線区に行って列車転覆に使うバールとスパナを盗んで来たことにされた。

それで今度は保線区に行ったときの道順をかけと責めたてられたのです。玉川警視は紙とペンをよこした。「保線区に行った道順を書け」といわれ、よこされた紙にまず保線区倉庫の位置と松川駅と線路と組合事務所を書き、しかし私は全然保線区など行ったことがないので、バールとスパナの盗み出しの道順は書くにも書けなかった。ところが玉川警視に「一切を申し上げなくては情状酌量することが出来ない」と叱られ「当ったらよしと言うから書け」と責められ、先に玉川警視に「組合→八坂神社の参道に出た……」と教えられ、又私は逮捕される前、新聞で、「組合事務所から八坂神社の参道を歩いた云々」と書いた図面がのっていた新聞をみたのが、ひょっと頭に浮んできたので、この道順だけ書いたのですが、あとは書くにも書けなかったのです。

玉川警視は書けと責める。しかしどうしてよいか判らなくなり、嘘はつけないと思い、私は思い切って「事件には全然関係ありません、取調中死刑だ無期だと脅迫されて嘘の自白をしたのです。本当は事件に関係ないのです。だから地図が書けないのです……」とここまで言ったら、「なに嘘」と玉川警視は顔色を変え「脅迫されたとは何だ、いつ脅迫した……」とかんかんになって怒り「死刑になろうが無期になろうがかまわない……」と怒り「今晩よく考えろ」と言われ、その日は午後十二時過ぎ監房の中に入れられた。

十月六日も同署の一階取調室で玉川警視、武田刑事部長、安斎亥之松刑事部長の三人であった。取調官が三人もいたので今日は何故余計にいるのだろう、相当いじめられると思った。玉川警視は「俺は情をかけるだけかけた、後はどうなろうがかまわない……」と真剣になって言うので、死刑は間違いない、このまま殺されるような気がした。そして不安と恐しさで一杯だった。そして安斎刑事部長は「お前はたいしたことがないのだから、自白すれば軽くなる、言わないと一生監獄に入っていなければならない、外の者はみんな話をした」さらに「家に帰ることを考えなくてはだめだ。一切を申し上げて執行猶予位にしてもらうのだ」と情にからんで責める。家のことが心配で心配でならなかった。私のいなくなった後、どうして生活するだろう……病気の母たちは……家のことが非常に心配だった。死刑からはまぬかれない！　この事で頭は一杯だった。

「外の者は皆、自白した」ああ……皆も嘘の自白をしているのでは、いくら頑張ってもだめだ。死刑からはまぬかれない！　嘘でもよいから自白すると家に帰れると思い、何とか助けてもらいたい、死刑からのがれたいという気持になり嘘の自白をするようになってしまった……。

それで私は、すぐ保原地区署に移された。私が保原に移されたときそこには赤間君も居った。私たちは食事は二人分、十月十六日は保原のお祭り（二十年に一度）で酒はのまされるし、大へんなさわぎだった。十一月三十日夜は、茶話会までやって福島拘置所に送ってくれた。こうして彼らは必死になって嘘の自白を続けさせようとしていた。そして赤間君を顔なじみにしておき、公判廷に行ってもまごつかせないようにしていた。そしてデッチ上げをたくみにやろうとしていた。だが私は公判廷に行ってからは真実を述べようとかたく心にちかっていた。

ああ……私は何と言ってお詫びしてよいか判らない。私はいま、私のあやまちを越えようと全力をあげてたたかっています。最後まで真実を守り抜きます。それが何よりも私の進む、たたかいの道と信じます。

真実は必ず勝つ。

（一九五一年十月十二日）

死をもって良心を

小林　源三郎

十月六日の取調べに就いて。

（イ）（昭和二十四年十二月十日第三回公判）で述べましたように、そして又、その次の日には早くも行くより「どじょうひげはやして、野郎」と長沢刑事にどなられ「もう皆んなは言ってしまって小林が一番悪いことをしたと言っているぞ、貴様に聞かなくても良いのだがお前が何をしたかわからずに人の言った事ばかりで罪にされたのではお前が一番重くなって可愛そうだと思うから聞くのだぞ」と言われ警察を疑う事の出来ない私はホロリとされました。

「杉浦達は古狸だ、古狸に、お前や大内は若いから馬鹿にされたのだ。それを警察では知っている。だが、お前が言わなくては警察ではどうしようもないのだぞ。杉浦達は、若いやつら面白半分にたいした気して、俺がやるやると言ってやったのだと言っている。そんな古狸だ。それをお前等何も言わないで、公判に行って見ろ。お前のように若いやつらは口がへたくそだから、皆んなかたづけられてしまうぞ。だから刑事さんに早く言って御願いしろ」と言って私に一つ一つ私の役目を大内がこう言った、菊地がこう言っているとおしえて来ました。

（ロ）（昭和二十五年九月十一日九十三回公判）で述べたように、玉川警視が長沢とか言う刑事と二人で「皆んなもう言ってしまったんだ」「大内などは八坂神社の所を通って行ってバールとスパナを持って来たとちゃんと言っているんだ。お前だけがそうして出てないなどと言ったって、誰が証明して呉れるんだ」「皆んなは出て行ったと言って居るのにお前だけそうして出ないと頑張って居れば良い。お前だけ一番重くなるぞ、皆んなは小林が悪いんだと言って居るぞ」「そしたらお前がどうして自分の身を助ける事が出来るんだ」「なにも警察ではお前がだまされてやったと言う事を知って居るのだが、お前が言わなければ警察ではどうすることも出来ないんだぞ」「十六日の夜にお前等三人が出て行ったことをちゃんと見た人が居たんだぞ」「それに対してお前に出ないと言う何の証明があるんだ」「まあだがお前はだまされているんだ」と言われるし、組合事務所から出てないと言うことは、一緒に泊まった人では証明にならない、もっとべつの人を証明に出せと言われたけれどその外の人がないのです。それを証明出来ないのは、やっているのだ。バールとスパナを盗みに行ったのだということであると言うし、私はこれを証明出来ないと本当に死刑になり、又本当に皆んなが嘘を言って自分を庇って居るのではないかと思ったのです。それを初めて警察に来て、警察とはこんなに迄嘘を言わせる所で有るとは考える事も出来ませんでした。そして考えたのは、組合事務所からどこにも出てないが出たのを見たと言う証人が有るというのでは、とても一生刑務所より外に出ることが出来ないのではないかと考え皆んなも嘘を言っておるのならば私もこんなひどい調べは止めて貰いたいし、言えば早く家に帰すと言うし、お前は若いしバールとスパナを盗んで来ただけだから、すぐに出られるだろうと言うし、言わないと出られないと言うので、私は自分だけでも早く調べを終って家に帰りたいと考えて気が弱くなり、もう勝手にして呉れと言うような捨てばちな気になり、玉川警視ともう一人の刑事の取調べに組合事務所から出て行ったと返事をさせられてしまいました。そうなると夜遅く何んの為に出たんだ、何の為に組合事務所になど泊まったとどなられ、せめられて……そうなると出て何処に行くのでしょうか、行く処がありませんでした。そしてとうとう私はバールとスパナを盗みに行った事になってしまったのです。ですからこれは全くでたらめであり、作りごとで私は自分だけは助かって家に帰りたいという気持になり取調官のでっち上げに強引に乗せられて出来上ったのが私の供述調書であります。

そして（昭和二十四年十二月十日第三回公判）で述べたように、その供述調書と一緒に辻検事に夜の七時頃廻されました。そうして辻検事から「私はこの事件の真相を取調べに来たのだ」と言われたので、私は「刑事にはこうして嘘を言わされたのです」と言うと「じゃ刑事に立ち会って貰らおう」と言ったのです。私は又刑事に取調べられたらどんな目に又会うかも分りませんので、私は泣きながら机に手をつき「私はこの事件には関係ありませんから。これ以上取調べられるとどんなことになるか判りませんから私はどんな罪になるよりも良心に恥じることはいやですから検事さんにも迷惑をかけないし私もどんなになっても良いから否認のまま公判廷に出して下さい」と御願いしました。「だめだ検事は君が何と言っても真相を究明する」と言って刑事に取られた供述調書を再確認されたのです。私は「勝手にしろ」とつぶやくと「今日は興奮しているから休みたまえ」と監房に入れられました。私は一体どんな気持であったでしょうか。

（八）私が（昭和二十四年十二月十五日第四回公判）で述べたように、私は自分の死刑というよりも杉浦さんや組合で一緒に働いた人たちに対して何んということを俺は言ったんだろうと思うと私は本当に生きる気にはなれませんでした。決して嘘では有りません。私の入っていた監房の中の東側の壁に四日から十六日迄の日附を書いた脇に薄く「無実の罪」と爪で書き、私はワイシャツをぬぎ、それを監房の鉄棒にいわいつけようとしたがシャツなのでむすぶとみじかくなるのでだめでした。それで私は首にシャツを巻き、足の指の先にむすび、身体を曲げてぐっとのばしましたが、すると気をうしなったようですがヒヤリとした朝の風に気がつきました。私をあざけるような油じみたきたないシャツを見つめていた。私がここで死んでは皆んなにやりもしない罪が着せられるかも知れない。

私はふと家のことを思い出しました。私には姉さんが一人いて家の前を人がぞろぞろと通ってめずらしそうにのぞいている姿を思い浮かべると、私はたった一言公判にでも出て私はこんな事をする悪い人間ではありませんと、この一言を言いたくて今迄の六十幾日の獄房生活をあと幾日あと幾日と日に幾度となく涙を浮かべて指おり数えて壁の数字を消して待っていました。そして、ともすれば気が狂いそうになるのを指をかみ、ずるずると暗い気持になって行くのを、強いてほがらかになり、なるだけ検事にどなられまいとするようになり、そのままでっち上げに協力させられるようになってしまいました。

又その六日の日に検事のくるのを待って居りました。すると須賀川とかから来ていると言う鈴木刑事とかいう人が、私と逮捕される前や逮捕された時に会っておりますので私を知って居ったのだろうと思うのですが、その人が私の顔をしげしげと見て「これは誰だっけ」と脇の人に聞き「小林だ」と言われると「へイーずいぶんやせたな」とおどろきの声を上げていました。又その頃の私がどんな顔をしていたのか、私が取調べを終って階段をとぼとぼと下りて行くと、差入れの食堂から御飯を持って来た女の人は私の顔を見るなり驚いたようにガラス戸の影にかくれてソット覗いて居りました。私はその姿を見て自分の顔がどんなだろうと思うと変な気持になりました。

（「控訴趣意書」より）

おとし穴

菊地　武

私は昭和六年に福島県安達郡大山村に生れ、終戦の次の年である昭和二十一年六月に東京芝浦電気松川工場に入社し、わずか三年数カ月憲法により保障された権利に基づき、労働組合員と共に、ひたすら歩んで来た。そして昭和二十四年八月十五日終戦記念日と同時に、同工場を首切られた。組合大会の決定により執行部の指導のもとに二カ月首切反対闘争を続けて来たが故に。

十月八日未明、突然私の家の前に自動車が止ったと思うと同時に、どやどやと警官が私服、或は制服で私の家に入り込み、寝て居た私の枕もとに来て任意出頭を求めるので、私は盲腸を切ってまだ十四日しかたってないのであまり歩けないから行けないが、どんな理由で出頭を求めるのか聞いて見ました。すると、刑事が、いや体が悪いなら行かなくとも良いが、君が行って話をすれば前に逮捕になった杉浦や浜崎や大内、小林その他東芝の者が全部帰れるのだ。お前が行って話をして呉れないか。警察では可哀そうで一日も多く泊めて置きたくないのだが、どうだ行って十六日泊ったと言う証明をして呉れないかと言うので、私は、私が十六日夜泊った事を証明して呉れるとみんなが帰れると言うなら、私は体の悪い身でありながら行く事に決め、そして一日も一分も早く組合の人々に帰って貰うようにと考え、朝飯を食べて着物を着て（盲腸を切ったばかりで、ズボンのバンドが出来なかった為）居りますと、お母ちゃんが体が悪いのだから後にしたらどうだ、歩いては駄目だ、と何回も何回も言われましたが、私としては前に逮捕になって居った東芝の人達を早く釈放させたいが為に、刑事と共に自動車に乗り福島に向いました。この時自動車の窓から見た両親の姿は今でも忘れる事は出来ませんでした。

　朝やけの空をながめながら、右に左にゆれ、福島地区警察本部についたのは、もうすでに十一時は廻って居りました。それからすぐ三階の取調室に上げられましたが、私は何にもやって居らないから、自分の本当の行動をそのまま話をすれば、みんなと一緒に帰れるものと落着いた気持で取調官の来るのを待って居りました。だが前に逮捕になっていた大内さんや小林、浜崎さんと一緒に組合事務所に泊ったから疑いを受けてでもいるのか、それでも本当の事を言えば、みんなと帰れるものと思い取調官の来るのを待って居りました。すると間もなく、武田刑事部長と玉川警視（氏名は後で判った）が入って来たのです。そして二人は私に組合経歴や共産党に入党云々――と聞かれるので、私はこばむ事なく全部答えて居り、これを終ると、今度は八月十六日の行動を聞くので、私はビラ書きをして居った事やら、その晩一緒に寝た様子など、記憶のまま述べて居りますと、玉川と武田は笑いながら、菊地よ、ここに来てもそのようなことを言って居るのでは助からないぞ、それは君達の作ったアリバイだと小林や大内はちゃんと言って居るのだ。お前達の犯した罪は死刑か無期なのだと、言うので、私は驚いてしまいました。亦犯人として取扱われて居るとは夢にも思わなかったのです。一体私が何をしたと言うのだろうか、どうして組合事務所に泊った私達が死刑や無期になるのでしょうか。

　私は今迄話をした以外の事は知らないから早く帰して下さいと御願いすると、武田は、そういそがなくとも良いだろう。これからここに毎日泊めてやるから心配するなと言うのです。しかし今日どうしても帰りたい、家の人達が心配して居るから帰りたいと思い、そのためには何を言うと帰れるのかも考えました。これから組合運動は絶対にやりませんと言うと良いのか、それとも大内君、小林君、浜崎君と一緒に泊らなかったといえば良いのか、何んでも良いから取調官のいう通り答えて早く帰ろうかという考えにもなりました。そして私は取調官の武田刑事部長に、私は一体何をしたというのですかと聞いて見ました。すると武田刑事は脇の数百枚の罫紙に何か書いてあるのを見ながら、何時、何処で誰々が集まって列車を転覆させる話をして……その次の日は、大会が終って、誰と誰とが集まって……話し、それにもとづいて、小林と大内、お前が夜中に組合事務所を出て、八坂紳社の方に行き、松川保線区に行ったろう。この時にお前達三人が歩いてゆくのを見たという証人も居るのだし、大内や小林も菊地と一緒にバールとスパナを取りに行ったと言っているのだから、お前がなんと頑張っても駄目だ。当ったろう。この通りだろう。お前が行かないなどといって自白をしないで居れば、今のうちは保線区倉庫まで行っただけであるが、後になれば、現場に行ったようにされるかもしれない。そうなれば一生監獄で暮すか、或いは悪くすれば絞首台に立たされるかも知れない。お前は自分の罪の大きさに驚いたのだろう。小川に流れる木の葉も、やはり流れて行くところは大きな海に行くのだ。君も木の葉と同じ、行く道は只一つしかないのだから早く自白したらどうかというので、私はなんとなく夢のような気がするのです。

当時は列車転覆の話を聞いたこともなし、又、あの夜は松川保線区迄行ったと言われるので、頭はもうもうとなり、腹は痛み出すので、横にさせて下さいとお願いすると、自白をしないものを横にすることが出来るものか、ガマンしろと怒鳴るのです。

こうした取調べが夜九時半迄続けられ、苦しみと痛みをこらえながら来たが、つい倒れそうに机にうつ伏せになってしまいました。すると玉川警視は、野郎まいりそうだから令状でも示して休ましてやれといって、夜の十時に恐るべき列車転覆罪の逮捕状が示され、監房に入れられてしまったのであります。そして、あの薄い白壁に固まれて一人淋しく泣きながら、どうすれば調べをせずにすむのか、あの調べの苦痛をどうしたら逃れられるのか、早く家へ帰りたい、と起き伏せしながら考え通しました。そうして初めて監房の一夜を明かしたのであります。

翌九日、朝七時頃、再びドアーの錠が開かれ私を二階の取調べに上げようとするので、私は断りました。今日は体が悪く動けないから、もう少し取調べを休まして下さいとお願いすると、私を連れに来た刑事は、私を監房から引き出すようにして引張り、体が悪いなど、ぜいたくな事を言って居るのではない。ここは何処だと思って居るのだと言って私を二階へ上げ、昨日と同じ部屋に入れますと、やはり取調官は武田刑事部長に玉川警視でありました。

室に入るより早いか、高圧的に、貴様は自白をしないで死にたいのか、それとも生きたいのかどちらだと、大声をあげて怒鳴るのです。私は死にたくはありません。生きたいのです。と言うと、生きたいなら自白をしろと怒るので、私は死にたくないし、生きたいし、自白をしろと言われても、何にもやらない者が、何の自白をしたら良いのか判らず、黙ってしまいました。

すると、黙って居れば武田刑事部長は、私の耳に口を寄せ、大声をあげ、ツンボになったのか、返事が出来ないのか、警察では黙って居ればその者は事件を認めた事にして厳重処分とし、検察庁に送れば死刑か無期はまぬがれないぞ、それでも良いのか、と言うので私は黙って居れば事件を認めた事になるのでは大変だと思い、又自分の行動を述べ始めました。すると、そんな事は聞いて居らない、それは君達の作ったアリバイだと小林や大内も口をそろえて言って居るのだから本当だろう。そして又、大内、小林はちゃんと菊地と一緒に、松川保線区倉庫に行って来たと言って居るのだから、組合事務所から出たと言え言えと、机を叩き、本を叩き、口からアワを出してどなるのです。そして、事務所から出たのを答えられないならば、貴様はあの列車の下になって死んだ三人に何と言ってお詫びするのだ。貴様のような悪人はこの世に生かして置けば人民の害毒だから、一生監獄にぶち込むか、それとも親にも会わせず検事さんにお願いして、殺してやると何回も何回もいわれるので、私は本当に殺されてしまうのか、殺される前に、一遍でも良いから親に会いたいという事を考えるようになり、私は二人の取調官の居る前で、おそれと苦しみに大声をあげて泣き出してしまいました。

するど、玉川は、そうらそうら良心が出て来た。もう少しだ。こしかけて居っては駄目だ。立って、悪かったとあの三人に手を合わせておがめ、といって私を立たせ、手を合わせて三十分も四十分も立たせたままにして、その間に、死体のことやら、蒸気の中で呼ぶ声のまねをしたり、そうら後に亡霊が立って居る、と、全くおそろしい、本当にうしろに誰れかが立って居るような気がする位にまで亡霊の話をするのです。

或日は又、夜中に起して、こうした話を聞かせたり、或日は絞首台の図面まで書いて教えるのでありました。こうした取調べの日が一日、二日、三日……行われ、私は一週間、真実と正義を守り通しました。

十月十五日、この日は、名前の知らない刑事五人が私を取調べに掛ったのであります。そして体が痛く、つかれた私に自白をしろ、自白をしろと言って体をゆすったり、或いは「ナズキ」(額)をぐんぐんと後に押して部屋中廻ったりした事もありました。

こうして、この日午前中は、五人の刑事によって、人間対人間の取調べではなく、暴力的な拷問が開始されたのであります。

そして午後からは、今迄に見た事もない刑事が一人で来て、私に六法全書を見せながら、列車を転覆させれば死刑か無期よりしかないのだ、もしも自白をしないで罪にされれば、お前の命はわずか十七才にして終るのだ。大切にして使えば後三、四十年は完全に生きられるのだが、人に義理をたてて命をちぢめ死刑か或いは一生監獄に入ったりしては、家族に何んとお詫びするのだ。君の継母は、きっと殺人の家には居れないと言って、この寒い冬を前にして君の家を出て行くであろう。そうしたらお前はどうするのだ……それよりお前が早く警察の言う通り答えて、一日も早く帰り、親に安心させたらどうだ。警察ではお前が自分で何をしたかも言わずして、人の言うことばかりで一番重い罪にされたら、お前が可哀そうだと思うから、こうして情をかけて呉れるのだ。普通の人ならかまわないでそのまま検察庁に送ってやるのだ、と言うので、警察を疑う事のない私はほうほうと泣き出してしまいました。

そして私が机に、うつ伏せになり、生きる事を考えはじめると、刑事は更に続けて聞かせるのです。お前や小林、大内は、杉浦や共産党の人達にだまされてやったのだ。それは警察では知って居るのだが、お前が話をしないからどうする事も出来ないのだ。大内や小林とお前は面白半分にやったのだから、大した罪にはならない。悪くしても証人位、よくすれば証人にもならなくともすむかもしれない。俺は悪い事は教えない。よく考えて見ろ。大内だって小林だって、お前と一緒に組合事務所を出て、松川保線区に行ったと言って居るし、その間、三人が並んで歩いて行くのを見たと言う証人もちゃんと居るのだ。お前は組合事務所から出ないと言うが、もしも出ないなら出ないという証明をさせる証人を出して見ろと言われたので、私は組合事務所に一緒に泊った小林君、大内君、浜崎君、それから二階堂武夫さんと園子さんが証明して呉れると思います、と言うと、この人達がお前と一緒にバールとスパナをとりに行ったと言って居るのだから、証明にはならない。その外に居るかと言うので、私は夜で組合事務所には誰も来なかったから、その外には証明を出来る者はないと言うと、証明が出来ない事はやったのだと言うので、私はこの証明が出来ないと本当に死刑にされて仕舞うのか、そして又、大内君も小林君も嘘を言って、私と三人で組合事務所を出たなどと言って居るのか、だが私はどうしても生きたい、またもう一遍だけでも外に出たいという心細い気持になって居る処に、名前を知らない署員が来て、刑事さん、今度菊地を検事さんが調べるそうですと言って、その人はドアを閉め帰ったのです。すると刑事が今度検事さんが調べるそうだから、検事さんというのは裁判する時に立合い、罪を重くするも、軽くするも決めるのだから、助かりたいと思ったら今迄のような事言って頑張っては駄目だぞ、判ったなあ、さァー行こうと言うので、私はその席を立とうとすると、長い間坐らせられて居る為と、恐怖の為に歩くことが出来ず、目からはいろいろな色をしたボールのような、美しい玉がすぅーすぅーと飛び、目まいがするので、私は一人で歩く事が出来ず、刑事の肩を借り、左手を肩に掛け、右手で盲腸の痛みをさすりながら、そろりそろりとあるいて、検事の調べ室に入りました。

そこには又、誰も居らず、私は椅子に腰をおろして、机にもたれて考えました。

こんなに苦しむなら死んだ方が良い。それともこの苦しみをどうにかして逃れる事が出来ないのか、――すると検事が、一本のタバコをくわえて室に入って来たのです。そして、私にどうして泣いて居るのだ、泣いただけではすまないのだ。もうお前達のやった事は全部知って居るのだから、自白したらどうだと、高圧的に調べを始めたのです。そして小林を今調べて来たが、彼はすっかり話をして、悪かった申訳なかったと涙を流してお詫びして居るのだ。お前も小林達のような気になれないのか、それとも死にたいのか、一生監獄で暮したいと言うのかと、怒鳴るのです。

私は生れて始めて警察に来て、刑事や検事は、こんなにまで嘘を言わせる処だとは思いませんでした。そして私が考えた事は、あの晩確かに組合事務所でビラ書きをし、そして小林君と共に赤旗をかぶって寝たのだから、小林君も私も組合事務所から出なかったはずだ、それでも私達の組合事務所に泊ったという証人は、一緒に泊った人以外には居らないのです。それに外の証人を出せと言われても出しようがないのでした。又検事も私達三人が、松川構内を歩いて居たと言う証人が居るというので、これではとても、無実であることを頑張っても殺されてしまうか、一生監獄で暮す以外に道は無いのかと考え、それよりもみんなと同じく、話をして、この苦しい取調べを止めて貰おうと思いました。

そして、話をすれば直ぐ帰れると言うし、話をしないと殺される。それよりも、自分だけでも良いから早く帰りたいと言う勝手な気持になり、苦しみと痛みにたえながら、真実を守り抜いた一週間目である十月十五日、夜十二時過ぎ頃、とうとう検事の言われるままに返事をさせられてしまったのであります。

すると検事は、改心の情が現われて来たのだ、それで良いのだ、人間はそれで良いのだ。まして君は若いのだから、全部を話して、早く帰れるようにしろ——これから嘘を言わず、ありのまま話をしてくれと言うのでありますが、私は行った事も歩いた事もない道であるから、何と答えて良いのか判らず、歩いた道は、わすれましたと言うと、検事は大内や小林も、こう言ってるのだから、君もこうだろうと言うので、そうですと返事だけし、謀議もこのようにして作られ、ただ、調べ室で教えられ、行為も、行った事もないまぼろしの行為を作りあげられたのであります。

その後の調べは楽になり、家へ帰れる日ばかり楽しみに待ちました。だがいくら待っても帰されず、そのデッチ上げ調書にもとづいて私達は、無実の罪で有罪の宣告を受け、そして嘘を言わされたが故に殺されようとしているのです。

私はこのようになるとは少しも思わなかったし、又このような大きな陰謀事件であることは、考えた事はありませんでした。

私は悪かった。真実を曲げた事は悪かった。生れて始めての警察や検事の調べだったし、そして私は警察や検事と言うのは、もっとも真実を求める処であると思っていたのが、全く私の間違いであったのです。これが、私の嘘を言わされた一番大きな原因になったのです。

こうした長い体験のもとに、私は警察や検事という者は、全く真実に反した、事実にない虚構を暴力で押しつけ、犯人を作りあげ、労働者やその党である日本共産党を弾圧する以外の何ものでもないという事を、身をもって知りました。

（昭和二十六年十月十日午前一時書終る）

その一日

岡田　十良松（とらまつ）

「八月十三日、岡田は東芝に行き列車転覆の連絡と謀議を行った」これが彼ら（第一審裁判官、検察官、警察官等々）の認定する私の罪状だ。

確かに私は八月十三日東芝に出向いた。その前日、八月十二日、私の東芝行を決定する次のような問題が起きた。それはクビキリに反対して闘っていた東芝に、とうとう具体的なクビキリの発表がなされたことである。私は当時、地区労の書記長をさせられていたが、この日は用事があって昼頃になって漸く組合に出勤すると、待っていたように、「東芝のクビキリが……」と地区労の書記をしていた渡辺能伯さんから伝えられた。そして彼は、私に是非東芝に行ってくれと言う。東芝は地区労の傘下組合だ。それに、ちょうどその頃、私は保釈で四月に出所し、傘下組合への出所挨拶をと思いながら実行することが出来ずにいたので、挨拶を兼ねて東芝へ行こうと考えたのであった。

でもうその日は遅い。それにそうしているうちにまたしても問題が起きた。というのは折も折も国鉄支部の副委員長をしていた渡辺郁造さんが郡山事件で逮捕され、郡山市署に拘留されるという事件が起きたのだ。彼は非常に私などの為に骨を折ってくれている。今度は私が彼の為に活動する番だ。早速執行委員をしていた斎藤千さんが郡山に出かけたが、さて私もと考え、そのことを委員長をしていた武田久さんに語ってみた。彼の考えでは、千さんからの詳しい報告を聞いてからにしよう、とのことだった。私も同意した。そして私はこう決めた。「明日にしよう。明日午前中の列車で発てば、途中東芝に寄って、午後の列車で郡山に行けば夕刻までには帰って来ることが出来る」と。

明けて八月十三日、私は事務的な整理をし、十一時二十八分、予定通り福島を発って、先ず正午頃、松川駅に下車、直ちに東芝の組合へと向った。

なる程、東芝の門をくぐらぬ先から人々の非常に緊張して、その辺を右往左往としているのが目についてくる。「よう、みんな張切ってるな」そう思いながら私は門をくぐった。守衛所で入門許可をもらっていると、前から私の知っている大内昭三さんがとんで来て、「御苦労さん」と握手を求めて来た。大へん彼は張切っている。私も大声で「やァ」と手をさし出した。大内さんの話では工場付近に警官が来てうろついているので、今みんなで見張りをしているところだとのことだった。道理でみんな緊張している筈だ。私はそのまま組合事務所に行った。

事務所の空気も随分緊張している。組合員が出たり入ったりとても忙しい。若い組合員が何か大声で話合っていた。私は事務を取っていた山田書記長に来意を告げ、保釈出所出来た御礼を述べ、クビキリについてその状況をたずねた。山田さんの話では、昨日会社が郵送した首切通知を組合で各人から集め、一括会社側へつっ返すんだとのことだった。若い組合員や、顔見知りの二階堂園子さんなども誰と誰には通知が来、誰と誰は免れたというようなことをいちいちと私に語ってくれた。どうやら昼前の団体交渉が終ったのだろう。委員長の杉浦さんも組合事務所に戻って来た。勿論、私は挨拶を交した。でも彼は忙しく昼食に戻って来たようだったし、私は既に列車の中で昼食を済ましていたので、彼の昼食のじゃまにならぬよう、ほんの二言三言ことばを交しただけで彼には御飯を食べてもらい、再び若い組合員などと話を続けることにした。こうして約三、四十分も経った頃だった。私はうっかり忘れごとをしていたことに気がついた。と言うのは当時私は福管事件の保釈条件として、福島より他出する場合には、そのことを裁判所宛届け出なければならぬことになっていたのだ。その日は土曜日だった。届出がその日のうちに間に合わないとしたら、或いは後でケチをつけられるかも知れない。私は組合員の人々に、そう語って急いで松川駅へ行った。国鉄の電話で支部の誰かに連絡をし、そして直ぐ裁判所の方へ届出てもらおうと考えたからだ。幸い支部には私の特に親しくしている本田昇さんが居た。彼は「ＯＫ！　まだ裁判所に残っているものも居るだろう」と私の依頼を引き受けてくれた。とにかくこれで私はホッとした。ついでのこと、松川駅の顔見知り、組合の委員なんかもしていた斎藤さんという人と半時間も獄中での話などを語って再び東芝組合事務所に戻って来た。

既に午後の一時は過ぎている。組合事務所では青年部の委員会がもたれるとかで、若い組合員がたくさん集っていた。間もなく委員会がはじまり、以前から知っている佐藤代治さんから委員会に是非挨拶してほしいと語られたので、私はそれに出席して挨拶を行うことにし、保釈出所出来た御礼と併せて挨拶を行った。私の挨拶後、委員会は直ぐ議事の討議に移った。私はそれでその席をはずし、二階堂さんから地区労会費を受取ったり、雑談したりしていたが、あまり暑いので少し休もうと考え、直ぐ事務所の傍にある八坂神社境内に行って二、三十分憩んで来ることにした。こうして午後二時半頃か、境内から戻って来ると、ちょうど委員会は終ったところで、みんなはぞろぞろと事務所から出て行くところだった。私はそこで代治さんに誘われ、組合室に行って、今後の宣伝活動について語り合った。

午後の三時、郡山行の列車が来る。私はそれで事務所に戻り、みんなに挨拶して東芝を辞し、再び車上の人となって郡山に向った。

不幸、郡山では、渡辺さんが検事取調とかで、再会することは出来なかった。止むを得ず差入れなどして夕刻の列車で私は福島へ帰って来た。

八月十三日の私の一日の行動、それは以上のようなものだった。私の八月十三日の行動は、そしてこれ以外には何ら特別なものはなかったのである。

――さて、ところで、「八月十三日十一時五十分頃、国鉄に於て列車転覆の第一回目の謀議がもたれた。岡田はこの謀議に基づいて同日東芝に行き、十二時五十分頃、東芝の者にその国鉄謀議を伝え、列車転覆実行の協力を求めて謀議した」これが私に関する彼らの言い分である。

たしかにそうだ。若し私がほんとに列車転覆の連絡や謀議のためなどで、東芝に行ったら、私はこの言い分に無条件で甘んじなければならない。だが、一体私の行動のどこに、それらしいものさえあったと言うのだろうか？　私の行動は誰れよりも私がよく知っている。それにどうして私が十一時五十分頃にもたれたという国鉄での謀議を、その午前十一時二十八分の列車で東芝に運ぶことができると言うのか？　こんな手品師は世界にもいないし、第一私はそのようなとてつもないことの出来る魔法使いではない。

十二時四、五十分頃の謀議。よかろう。では誰がその謀議に参加したというのか？　彼らの言い分はこうだ「杉浦、二階堂（武）、佐藤（代）、岡田の四人が東芝組合事務所の板の間で会合謀議した」と。私はこの日十二時三、四十分頃は松川駅に行っていて事務所にはいないし、その他各人の実行行動も野地吉之助証人、久能正三証人、本田利秋証人等々の証言、其の他たくさんの参考人供述調書等によっても明らかである。一体これでどうして謀議が出来るというのだろうか？　一人は寮に、一人は前原工場にというように、てんで離れた場所にいるという事実、これで謀議が出来るなら、デンデン虫も空を飛ぶというわけだ。全くおはなしにならない。しかも、その謀議をしたと言う場所というのは板の間であると彼らは言うのだが、そこにはたくさんの組合員がいるのであって、絶対に「謀議」など出来得よう筈がなかった。だからこそ彼らはこうした事実関係については一言もふれることさえ出きなかったのだ。事実の不必要な彼ら、彼らはどうしても私などを罪人にしあげる必要があった。そこで、年若い大内さんなどをじゃんじゃん攻めたてて、いわゆる「自白調書」なるものをつくりあげる。そしてこれをもって全ての「証拠」としたのだった。

第一審では勝利を確信してのあまり、私たちは十分とは言えない闘いに満足していた。だが第一審判決後の私たちはそれこそ文字通り死力を尽して闘ったし、闘っている。人々もこの間非常に大きく真実の為に結集して来た。真実、そしてそれを守る結集した大衆の力。

「真実は必ず勝つ。」私たちは愈々さし迫った第二審を前に、世界中の幾百、千万の人々に励まされながら、ますますこの勝利の確信を深めて闘っている。来るべき勝利の日のたのしみ。来るべき日こそ私たちのものだ！　と愈々誇りを感じて。

（一九五一年一〇月一〇日）

その日の仲間

佐藤　代治

八月十三日、工場は朝からざわめいていた。誰一人作業する者はない。自然発生的なサボタージュに入り、各職場々々で会合が持たれ、カン高い声がキンキンと反響している。職場から職場へ連絡している少年工の顔も、普段とちがってなんとなくピンとしていた。昨十二日会社側は一方的に馘首の個人指名を通告して来た。対象になったのは何時も組合運動に熱心な仲間ばかりだった。それで今日は二カ月も前の、話にもならないようなことにケチをつけて、公安条例違反容疑で仲間の円谷君を早速逮捕して行った。組合員の怒りは果然バクハツした。この会社側と警察側との馴れ合い仕事は、組合運動についても消極的であった仲間達をもフンゲキさせ、「団交をやれやれ」「執行部は何をしてるんだ」「仲間が首を切られたり、逮捕されたりしているのをだまって見ていられるかい」不当な一方的馘首通告、さらに今朝の不当逮捕という出来事は、組合員の闘争心に油を注いだようなものになった。「団交をやれ」「みんな団結して闘えば大丈夫だ」「団交を持て、団交を持て」という声は工場全体の叫び声となり、抑え切れない怒濤のようなカン声となって来た。

執行部も多忙だった。円谷君の不当逮捕について対策を協議し、太田省次君を松川労組の代表として抗議と釈放要求のため警察当局に派遣することに決定した。検事論告と判決文は此の真実を無視して、国鉄の阿部市次君からの電話連絡で重要会議「謀議」に出席するため福島に出向いたと言っている。デタラメも甚だしいことだ。此の判決が全くデッチ上げである事は、松川労組三〇〇人の仲間が生きている限り不滅だ。三〇〇人の仲間は、みんな判決の不当を証言するだろう。

団体交渉をすることも決定された。だが会社側は、当然起り得る組合員の不満のバクハツを恐れて、昨日から工場長以下各課長までみんな申しあわせたように姿をくらましていた。組合員は手分けして会社側の居所を追及していた。ところが九時半頃、天王原工場の門をノコノコ出て行こうとした、工場長代理の小山生産課長を杉浦委員長がつかまえた。このニュースは一瞬にして工場全体に電波のように伝わった。場内は俄にいろめきたち、ソレッとばかりにスクラムが組まれ、赤旗とインターに守られて、静かに力強く天王原工場事務所に向って流れ出た。仲間は緊張してマユ毛をつり上げていた。十時頃天王原工場事務所で小山課長に対して、全組合員は不満を投げつけ始めた。ぎっしり詰めかけた仲間たちの熱と意気で、事務所内はむっとする空気が漂っていた。小山課長の顔は青ざめ、口はゆがみ、ピクピクとけいれんしている。仲間達の鋭い要求が矢継早に出される。もうじっとしておれないのだ。「首切りを撤回しなさい」杉浦さんのゆったりした口調で話が始められた。「私は会社の責任者ではないので……」オドオドと小山課長は答える。すかさず仲間達の怒号が乱れとぶ「お前は工場長代理ではないか……」「工場長が留守の時に、会社側の責任者はお前ではないか」「返事が出来ないなら辞職しろ」……もう一言も答えられない。眼鏡の奥で目をパチパチさせている。団交や大会の時に、何時も「馬みていにデッケイけつだなあ」等と婦人の仲間をカラカッていた者も今日は真剣に、前の人の肩につかまって背伸びしながら会社側をやりこめている。組合員の団結は全く素晴らしい。組織的に闘えば首切り反対闘争は必ず勝利するとみんな確信を固めた。

此の頃、前原工場技術課では、青年部の常任委員が団体交渉を気にしながら、白熱的な討論がなされていた。今までに見られなかった程真剣な青年部常任委員会であった。

高橋、久能、野地、蓬田、丹治、西山の仲間、それに今獄中にデッチ上げられている二階堂武夫、佐藤代治、東芝労連からオルグとして来ていた佐藤一の顔、顔、顔。みんな唇をブッとかんで新たな決意に燃えている。私は一語々々に力を入れて円谷君の不当逮捕と首切りの関連性を報告し、「此れは敵の挑発であり、オレ達は此の挑発に乗らずガッチリ団結して、組織的な闘いを展開しなければならない」と結んだ。佐藤一から加茂川岸工場の不当団圧に対する闘いの教訓が報告された。みんなそれぞれ発言した。「六・三〇にはオレも参加したのだから、円谷のタイホがデッチ上げであることをオレは一番良く知っている」と言う久能君の話。首切り前に「結婚資金のことを解決して貰わなければならない」と言う丹治婦人部長の切実な要求……。そして①円谷常任委員の釈放要求のために代表を派遣する。②民族産業を防衛するために防衛部をつくる。③大衆的な闘争に発展させるために宣伝隊を編成して、宣伝を強化する。④午後一時より青年部委員会を開催することを決定し、一時間半にわたる青年部常任委員会は終了した。技術課の大きな時計は十一時三十分を指していた。

方針は決定された。……解散して会議に出席していた仲間達は、みんな天王原事務所の団交に参加した。事務所入口附近、其の他要所々々には青年部員のピケが張られ、事務所前には二間もある大きな、労働者をかたどったマークの入っている組合旗が、パタパタと音をたてながらひるがえっていた。制服、私服が工場附近をウロウロしている。十二時のサイレンが鳴った。

誰も交渉を打切ろうとする者がない。汗をダラダラ流し乍らホホを紅潮させて張り切っている。「私はなんとも、私ではなんとも……」の一点張りで、小山課長は米つきバッタのようにへいへいしている。昼はとっくにすぎている。交渉はもう三時間も続けられている。責任ある解答は得られない。仲間達は業をにやして来た。「職場会議を聞いて闘争方針を決めよ！」「そうだ、オレ達の決意をきめなければならない」そして仲間達は不満をブツブツ言いながら交渉を打切った。

もう十二時半を過ぎていた。みんなどうしよう。やがて杉浦委員長を中心にして、三〇〇人の仲間が集まった。杉浦さんの脇に佐藤一さんが立っている。

ガヤガヤとさわぎ始めた。「会社側には誠意がない」「此の実状を大衆に訴えなければならない」「今後どうして闘うんだ」よしそれを今から職場に帰って決めようと言う事になった。前原工場では、各職場が合同して、拡大職場会議を開くことになった。またまた固いスクラムが組まれ、インターの合唱と共に天王原工場事務所から前原工場に向って、団結の力が行進し始めた。みんなの目はイキイキと輝いている。腕は益々ガッチリ組まれてゆく。その中には、大内君も、浜崎君も、コロコロと笑いころげている菊地君もいた。午後一時からの青年部委員会に出席しなければならない佐藤代治の忙しげな姿も見えた。もう一時に近かった。

此の時間に組合事務所に於いて、杉浦、佐藤代治、二階堂武夫、岡田、大内、浜崎、菊地、小林が集まって列車テンプクの謀議をしたと判決は言っている。此の多くの仲間と一緒にスクラムを組み、インターを歌っていた者が、どうして組合事務所で謀議が出来るのだ。オレ達何百人と言う仲間が一番良く知っているし、本田基君や野地吉之助君がそのことを明らかに証言したではないか……。

職場に帰った仲間達はガツガツと昼食をカッコンだ。職場会議を一分でも早く始めて、自分の持っている不満をぶちまけたいのだろう。

私は委員会に出席しなければならないので職場会議には出られなかった。組合事務所に到着した時は、もうみんな集まっていた。地区労の岡田十良松君も居た。委員会は開かれ岡田君にもアイサツをして貰った。委員達もみんな張り切っている。何時も「だって……だって……」なんぞと言って発言するのをはずかしがっていた捲線課の婦人の委員も、今日ははっきりと発言した。「此の首切りは、やがて私達の首が切られることよ、だから、だから私達は力一ぱい闘わなければならないんだわ……」と……。

オレ達の考えや方針は皆んな一致していた。職場会議の意見も、みんなオレ達と同じ考えであり、同じ方針であった。列車テンプク等、全く縁もゆかりもないし、夢にすら考えている者はなかった。またその必要もなかったのだ。首切りをテッカイさせ、民族産業を防衛し、平和を守るためにはみんなで力を併せ、組織的な行動によってのみ成功するのだという事が、四年間の組合運動の経験を通じて、意識的、無意識的に各自の身体に具っていたのだ。

この事件とオレ達は無関係だし、十三日の謀議が空中楼閣である事は論ずるまでもない。

（一九五一年九月二九日）

忘れ得ぬ形相

浜崎　二雄

私は十月六日の拘留開始公判の時、本件に絶対関係ありません、それをやったと言え言えと言われ、首をタテにふらされたという事を判然と述べました。其後に於て何で亦デッチ上げ調書が作られたかと云えば今迄の公判で述べたように、十月九日の調べで調べ室に入るや否や三笠検事に顔色かえてどなられ「あれがウソだと言うなら勝手にしろ」「死刑は免れないからそう思え」と脅迫され「来年から少年法が満二十才まで繰上げられる。そうすればすぐ出られるし、執行猶予で出してやる」と脅迫誘導甘言に依って再び嘘の事に、返事を強いられてしまったのであります。亦十月十一日の取調べでもバールとスパナを胸もとに突きつけられ「此れを見たと言え」と責められ「見たと言わねば貴様の体を此のバールとスパナによって引っくり返すからそう思え」と言って強盗よりも猶酷い取調べがなされ脅迫されたのです。このようにして私は一つ一つに対し嘘の事に脅迫誘導等によって首を振らされ返事をさせられて、このようなボウ大なデッチ上げ調書が作られて行ってしまったのです。亦次に此の事は私が今迄の第二回、三十七回、九十二回公判に於て述べた事がありますが、十月二十日、二本松地区署柔道場において三笠検事、武田部長、渡辺刑事に調べられ苦しい取調べがなされたのであります。それは朝の九時頃からで「貴様は十七日に何か買った筈だ。金を貰ったろう」

と三人に調べられ、私はそんな買った事もなければ、本件にも無関係だと言うとまたそんな事言うのかと責められ「金を貰ったろう、貰ったろう」とつめ寄られ、貰った事ないので黙っていると、武田部長、渡辺刑事は「俺達がいては具合が悪いから」と言って出て行った後、三笠検事一人に調べられたのであります。調べられたと言うよりは責められたと言った方が適切です。三笠検事は曰く「昨夜おそくまでかかって検事正の処へ行って来た」「ところが検事正が怒っている。どうか君を俺に助けさせてくれ。お前は列車転覆の御礼として杉浦から何か貰った筈だ。金を貰ったろう〳〵」と言って責められ、「どうか言ってくれ、頼むから、貰ったと言ってくれ」と言って傍にあった机を脇へそらして、私の手を握り、引っぱったり、両手で肩を激しくゆすぶり「貰ったと言ってくれ、言ってくれ」と責められた時のあの様子、今でも私は忘れる事は出来ません。否断じて永久に忘れる事は絶対出来ません。三笠検事の顔色は全く変り、水をかむったように汗を流し、髪の毛はバラバラになり、私のひたいに顔を押し付け必死となって肩をゆさぶり「貰ったと言ってくれ、言ってくれ」と責める。あの時の様子、気でも狂ったのかと思いました。そして「お前が貰ったと言わねば、俺は今日お前と刺し違えて死ぬ覚悟で来た。どうか貰ったと言ってくれ」「言わねば死にたいのだろうから、必ず殺してやる、いや殺して見せる」と断言、余りの苦しさに、私は貰ったようにされてしまったのであります。

然し私達は実際に於て無実無関係であり、亦金なども貰った事ないのに責められるので、最初を百円と言わせられ「それでも助かると思うのか」と言われ、次に五百円と言わせられた処、検事は、「懐から三千円ある」と言う金を出して、「お前のは此ればかりでない」と言われ、次に五千円、一万、十万、十五、二十万、二十五万、三十万、四十万、五十万と上げさせられ、次に一足飛びに百万円と言わせられてしまったのであります。然し貰った事など全然ないし、亦見た事もないので、大きさとか、色々な事は検事の思うように行かぬために、亦一万円、三万円、十万円で上ったり下げたりさせられて同日は十万円でパスし、一万円で背広の上衣とズボン一着その他小使いに使った事にさせられ、九万円を杉浦に返したと言う調書が夜の十二時頃までかかって出来上ったのであります。然し同日の調べに於ては、もう私の頭の中は全く何も判らず監房迄はうようにしてやっと歩いて行き、私は苦しくて監房の中を泣き乍らもだえ苦しみました。そして監房の中を転げ廻っていたのであります。翌日も亦武田部長、渡辺刑事に金の事で調べられ「お前の体には今一万円以上の品物をつけているぞ、そしてお前の家には材木が相当ある、亦家を建てる準備をしている。あれに使ったんだろう。それでよいからそうだと言え、材木は取上げぬし、亦親兄弟に迷惑をかけさせぬからそうだと言え」と言って「九万円杉浦に返した事は不合理だ」と言い、十一時（夜の）迄責められ、遂に九万円を父に渡して材木を買ったと言うデッチ上げの嘘の調書が作られ、その翌日は再び金の事で責められたのであります。その時は三笠検事と武田部長が来て「お前の家には材木がある。万力がある。あれを買ったのだろう。買ったと言っても絶対取上げぬ。親兄弟には迷惑かけさせぬし、家庭は破産しないからあれを買ったと言え」と責められ「若しそうだと言わねば貴様死にたいんだろうから必ず殺してやる。いや殺して見せる。俺は今年になって人を三人殺した」と言って私は人殺しか強盗にでも脅かされ責められているような調べを受けて来たのであります。その上「生き乍らにして線香を上げて貰いたいか、お経を上げて貰いたいか」とか「アルコール漬けにしてやろうか」と言って死刑囚が監房から引き出され、絞首台の露と消え、そして大学病院の解剖台に廻されアルコール漬けにされる迄の事を説明したりしました。

調書がいかにデッチ上げであるかはかかる事が行われた事を立証する為に出した「証第三十九号の二号」（二枚綴りの分）の昭和二十四年十月二十一日附福島地方検察庁検察事務官白井常次郎認印ある押収品目録及び証人として昭和二十五年六月二十九日第五十八回公判に喚ばれた浜崎清三郎の弁護人請求の各書類及び証

言で明白であります。即ち「私は被告人浜崎二雄の父です」「昨年十月二十二日頃列車転覆事件で家が捜索された」それは「十月二十一日の晩で」「桑名、三笠両検事と」「その外二十五、六人居た」と述べ、次に材木を差押えられたと述べている。

「それは石数にして三千石で全部差押えられたが、一石とは一尺角のもので長さ十尺のものを一石と言う」と述べているのでありますが、そして亦「その材木は二十年か二十一年に山で立木の儘買い、伐さいし製材したもの」で「押収された材木は本数と大きさ長さを調べて置いて行き保管を命じて行った」それは「三笠検事の印を押した紙を貼ってあった」と述べ、そして押収された材木については「昨年十一月七日に返して貰った」と、亦右の「証第三十九号の二」に付ては「覚えある。それは押収された時置いて行ったものである」事を、「亦万力もあります。三年位前からですがそれは押収されなかった」以上右書類及び証人の証言に於て明白にされたことと思う。

然し余りにもデッチ上げが明白である為に、その後になって、十月二十九日に至って、此の十万円が一時間位の間に千円になってしまったのであります。

然し十月二十九日附のデッチ上げ調書は法廷に検察官は出して来ても、此の十月二十日、二十一日、二十二日の調書は出して来ていないのであります。

何故でありましょうか。

即ち自分達の不利益な事を証明するからであります。全く悪辣なやり方に対し憤りは益々つのり、断固闘わざるを得ません。

（「控訴趣意書」より）

鬼や悪魔とはこういう人達をいうのか

太田　省次

1

「十月十七日取調べをうけて調書をとられました。金を貰ったと嘘の調書をとられたのです。それは玉川警視からです。その日の取調べに際しては皆が金を貰っている、国鉄側も三十万円程貰っているが唯赤間だけが貰わないので赤間は怒っている、又赤間に対しては金をくれないばかりでなく、伊達駅事件の保釈保証金一万円を返せと言ったので全部ばらしたのだ、その金はお前が貰ったのではなく杉浦と二人で皆に分けてくれたと皆が言っている、お前が自分で貰わぬと言うことはうんと取ったことになるぞと言われ、仕方なく金を貰ったと言ったのです。調書では四万円貰ったことになったのです。その時東芝側で貰った総額は五十万円と言いました。その時は検事と警察官が同じ部屋に居たのですが、私は仕方がなくなって三万円と言ったのです。ところが玉川警視はお前が好い加減の事を言うから、ほうらぼろが出た、その事で山本検事から叱られた、余り好い加減の事では駄目だと言われたのです、そのあくる日の十八日で辻褄を合せて調書をとられたのです。その調書を取られた人は玉川警視です、それが只今申しました総額五十万円で、私が四万円貰ったと言う調書です。そのことについてその翌日笛吹検事からその金の使途について調書をとられました、それから裁判官から証人訊問証書をその晩六時頃から（唐松から）調べられ、午前一時頃までかかってとられました。

然しその調書には金のことはかいてありません。その時唐松裁判官が私に金のことはごたごたしているそうですねと言ったら、玉川警視は金のことについてはふれないで下さいと言ったようでした、その後玉川警視から金の増額について調書をとられました。それで貰った金の総額は百五十万円になり、私の貰った分は十五万円にはね上ったのです。十五万の分は玉川警視までで握りつぶしました。十五万円貰ったと言うことについても玉川警視は共産党地区委員会に結びつけようとして地区委員会にはそう金はない、国鉄支部の鈴木信が出したのだろう等と言いました。又初めは共産党地区委員会、次は国鉄支部、次は杉浦さんや東芝連合会に結びつけようとして、そういう大金は地区委員会にあるはずがない、共産党中央と往復している国鉄の斎藤喜作が中央から持って来てバラ撒いたのだろうとも言われました。」（以上第三十八回公判証人太田省次証言）

「又十月十六日晩取調べを受けた時武田部長に、この野郎貴様眠っているのか返事をしろと言って、一回か二回肩を押したり、引張られたりして暴力を振われたので、私は取調官というものは鬼だと思いました。私は鬼や悪魔は見たことはないのでありますが、この時ばかりは鬼や悪魔とはこういう人達を言うのかと感じたのであります。いくら私が本当の行動を話しても誰一人としてそれを本当としてきいてくれる取調官はなかったのです、そして玉川、武田、安斎、鈴木ら六人の取調官が私に集中攻撃を加えたのです。即ち前から玉川警視に太田返事をしろといわれ、横からは武田、安斎、鈴木に怒鳴られて頭がこんがらがって何が何だか判らなく、そしてその日三回も卒倒しそうになったのであります。」（以上第三回公判被告太田省次陳述）

「このように警察官に脅かされ虚偽の供述をしましたものの、良心に責められ、今迄私の取調に当ったような野蛮な取調でなく真実を聞いてくれる人はないかと思いました、そして笛吹検事の調べを受ける時同検事は警察官と違って人格者だと私は思って、今迄警察官に述べたのは皆嘘ですと言い、自分が真実を述べようとすると、忽ち物凄い形相となり怒り散らして椅子をけたてて部屋を飛び出し警察官を呼び入れるので、検事と警察は全く一体だと思いましたが、それでも希望を捨てずに山本検事、三笠検事にも今迄のことは全部虚偽でありますと言って真実を話そうとすると忽ち物凄い形相となり怒り出す、その度毎に警察官から恐ろしい事を言われ、断念して、次から次と虚偽の供述を重ねていったのであります。

又私は判事と言う者は白紙の立場で調べるのかと思い唐松判事に貴官は警察の人がどんな調べ方をしているか知って居ますかと聞きましたところ、それはよく知っています。知らなかったら尋問調書はとれないのですよと言いましたので、私は警察と検事と唐松判事と皆グルになって取調べに当っているのを知り、判事に否認したら又警察の人にどれ程ひどい目に逢わされるかと思い虚偽の供述をしたのであります。又判事の尋問はみな警察の調室でなされ、警察官や検事がちょいちょい顔を出すので、到底真実を述べる事が出来なかったのであります。」(以上第九十二回公判陳述)

2

「又十七日夜杉浦の家へ皆んな集って謝礼金貰っているのだと責められ、行きもしないのに行ったことにし、貰いもしない金を貰ったとされ、その夜四万円貰ったと言う調書をとられ、後でお前は十七日夜は杉浦の家へは行っていないではないかと言われ、行かないことになってしまったのです。四万円を貰ったという事について笛吹検事にその使途を責められ、初め同検事は何か品物を買ってもいいのだと言うので、洋服と自転車を買ったと言ったのです。何処から洋服を買ったと言うので、売りに来たのを買いました、何という人が売りに来たのか判りません。と言ったら、同検事はかんかんに怒り出し、洋服などを買ったのは嘘だろう、洋服など買わなくともよい、君借金していないか、借りた処があったらそこへ返金してもよいのだと言うので、また出鱈目に妻の兄（丹野伝）に二万円、妻の母の里方（大竹与吉）へ一万円返済した事にし、後の一万円は家計費に当てたことにしてパスしたのでした。その後で玉川警視がチンピラでさえも十のつく桁の金を貰っているのにお前が四万円は少いから嘘だ、チンピラはお前と杉浦が分けてくれたと言っている、お前は三十万円貰っている、国鉄の奴等は三十万宛分けている。」（以上第三回公判被告人太田省次陳述）

「こうして毎日々々、金額のセリ上げを責められ十五万円貰ったことにしたのですが、拘留理由開示公判の日の午前、玉川警視が山本検事を連れて来て、山本検事の取調がなされ、今迄述べた事は皆んな本当ですかと言うので、全部嘘でありますと言ったら、山本検事はプンプン怒って鞄を持って部屋を飛び出して行ったのです。その後で玉川警視は何故否認などするのだ、俺がお前を可愛くて助けてやろうと思って山本検事さんに調書を取って貰おうと思って連れて来たのに、貴様があんなことを言い出すから、山本検事さんはカンカンに怒って帰ったのだ。もうお前なんぞかまわんから勝手にしろ、今日午後から開示公判があるのだが勝手なことをほざいて来いと言われ、十月二十三日の開示公判に臨んだのでした。そして私は本事件とは全く関係ないことを述べたのですが、署に帰ってからが恐ろしくて僅かしか言う事が出来なかった。そして小林源三郎君が謝礼金を貰ったと言わされたことを暴露したので、翌朝早く調室に呼び出され、「玉川警視がどうのこうのと言ったろう、この態度はなんだ、この野郎、意地でも白い棺箱に入れ医学校に送り、医学生の解剖の試験台に乗せてやる、チンピラ共産党、貴様を意地でも死に追いやってやる、貴様等のチンピラ弁護士も逮捕してしまうのだ、控訴などしても却下する事になっているのだと脅かされたのです。」（以上第三回公判被告人太田省次陳述）

そしてもう一度考えなおせ、俺も一度は怒って見たものの妻もあり、子もあるお前だ、何んとか助けてやりたい、そして太田、謝礼金はないことにしよう、あれは元々ない事なんだな、この調書はなかった事にするからなあと言って、十五万円貰ったと言う事が一銭も貰わなかった事になってしまったのです。でその後三笠検事に謝礼金一銭も貰わぬ等と言うのは嘘だ、此の位は貰ったのが本当だろうと言って一万円を束にした紙幣を示されたのです。私は三笠検事にも今迄警察官に言った事は脅かされて嘘のことを言ったのです。ほんとうは事件には全然関係ないのです。と言ったら、同検事はこの野郎とんでもない野郎だ、何を言いだすか判らん、よいか窮鳥懐に入れば猟師は又之を殺さずだ、よいか、判ったか、否認すると命がないと脅かすので、嘘の供述を重ねて行き、謝礼金一万円を貰ったことにされてしまったのです。するとその金の使途を亦追求するのです。金は何んに使ってもよいぞ、皆んな料理屋で酒を飲んで使ったと言っているがお前も酒を飲んでつかってしまったのだろうと言い、安斎部長が太田、「一力」にでも行って飲んだのだろう、と言うので、そこの料理屋で酒を飲んで使った事にしたのです。ところがこんど、どの部屋で飲んだと責めるのです。私は行った事もないので全然判らないで困っていると、安斎部長がその「一力」と言う家の見取図を書いて部屋の数まで書いてこの部屋かと示すので二階の道路に面した座敷で飲んだことにしたのです。そうしたら三笠検事は安斎部長に命じてその家に行って調べてこい、そして連れて来いと命じたのです。安斎部長は早速出て行ったと思うと間もなく「一力」の女将と女給を伴れて来たのです。そして三笠検事はこの人がお前の店で酒を飲んだと言うが見覚えがあるかと聞いたら、女将は、私は商売柄一度でも私の店に来たお客さんは憶えていますが、この方は見た覚えはありませんと言い、女給は、私が出鱈目に指した座敷の係の女給さんだそうで、私もお客様は一回見れば覚えていますが、この方は一回も家へ来た事はありませんと言うので、責められて嘘を言ったのが暴露してしまったのです。三笠検事は自分が散々責めて金を貰わせ酒を飲ませて、嘘だと言う筈が出るとこの野郎嘘ばかり言っている、あっちこっち飲んで判らなくなったのだろう。すると安斎部長は闇市でも飲んだんだろうと言うので結局その様にし、子供のみやげや家計費や小使いに使ったことにしてパスしたのであります。又安斎部長と三笠検事とでお前は収入が少くて生活に困っているのだが、杉浦はいつも十何万円も持っているのだがお前は杉浦から金を借りてその義理で捲き込まれたのだろう。金を借りてその義理で加ったと言えば命は助かるのだ。借りたろう借りたろうと言って責めるので借りた事にしてしまったのです。

それが三笠検事の私の供述調書となっているのです。第三十二回公判で被告人杉浦三郎は「太田君に金を貸した事はありません」と述べている。

（「控訴趣意書」より）

誓いあらたに

二階堂　園子

出獄して

「みんないま私は出るからね、ガンバッテね！」大声でよびかけると、「たのむぞ！」「しっかりな！」力強い声があっちからも、こっちからもこたえてくれた。だれか拍手をしてくれたのもあった。その声は、いまなお、私の耳にたえずきこえてきます――。

五月十日、裁判所はとつぜん私の保釈をゆるした。労農救援会宮城支部と家族会のひとたちのケン命の努力によって、十二日午後一時、五百日にわたって私をとじこめた黒い鉄格子をあとに、大空の下に翼をひらくことができたのです。

たちまち、新聞記者たちが――それは検事や警察と協力して、松川事件をデッチあげた帳本人――私をとりかこんだ。ただ一人出てきた私から、またもデマ記事をつくりあげることを期待するかのように。

「私はあくまで真実を守るためにたたかいます。私たちは無罪なのです。獄中には、まだ十九名の同志たちが、無実の罪で死刑、無期の極刑の鎖につながれています。私は日本中に、世界中にこのおそろしい陰謀事件の真相をうったえてゆきます。」私は、それだけをしっかりとこたえるのでした。
労救のひとたちは、私の出獄を紅白の餅とすしで祝ってくれた。私はそのあたたかい心づくしに涙をながしてよろこびながらも、なおも獄中にたたかう十九名の同志たちをおもいうかべて、よういに、のどに通らなかった。

検挙

一九四九年十月十七日、まだ夜もあけぬ頃、「列車テンプク致死」というおそろしい容疑で、ものものしいいでたちの、七、八名の警官にとりかこまれ、そのまま福島地区署につれてゆかれて判決までの三百八十日――身をもって体験した彼らの卑劣な甘言とおどかし、想像もできなかった奇怪なデッチあげ、ふがいなくもついにそれに敗け、しかしやがて獄外のみなさんのゲキ励とべんたつ、十九名の同志たちの火のようなたたかいの決意にはげまされて、しっかりと立ちなおった経過を書きつづって、みなさんにおつたえしなければならない気持で今いっぱいです。

はじめての取りしらべは、渡辺、笠原両警官でした。私はきかれるままに、自分の経歴や事件前後の行動などについてこたえました。そんな調べがおわって留置所におろされたのは午後五時ごろだった。今日はもう調べないだろうとおもっていると、まもなく扉がギーッと音がしたので、飛びおきました。看守は「二階――」といって指を上の方にむける。

私は音がしないようにそうっと出されたゾウリを素足にひっかけ、看守のあとにしたがって二階にゆく、調室の入口の戸をあけて足をふみ入れたトタン、

「白ぱっくれるな、ウソをいわず、ほんとうのことを申しあげろ！」第一声がとびかかってきました。五名の刑事達が、ものすごい形相でにらみつけているのです。私は生れてはじめてのこのフンイ気に、おもわず足がふるえてしまった。ようやくのおもいで椅子にこしかけると、

「そんなにキョウ迫しないで下さい、静かにいってもわかります……」

と、できるだけおちつこうとしたが、なぜか身体中がこわばって、おもうような声になりません。すると待ちかまえたように「自白しろ」「平気でウソをつくおまえには良心があるのか」「気持のくさった女だ！」女一人をすわらせて、五人の大男がかわるがわる破れるような大声でどなる。それはまるで頭の上にハンマーを何度も何度も、いやというほど、たたきつけられるようなおもいでした。

私はもう身動きもできなくなり、ひざがしらがいたくなるほど、っかんだ両手に力が入って、歯がガチガチとなる。言葉もでなくなって、だまっていると、「今晩はこの位にしてやるから、明日までよく考えておけ」と、口ぎたなくののしられて、一人つめたい監房の毛布にくるまったときは、もうすっかり夜もふけているころでした。

スト準備の夜

私はねむれぬままに、八月十六日から十七日までの自分の行動について、ひとつひとつおもいおこしてみた。そのころ私たちの東芝松川工場では、全国の東芝工場をおそった数千の首切りに反対して、はげしい闘争がもりあがっていた。十六日は全員集合して組合大会がもたれ、十七日二十四時間スト突入を満場一致決議しおわったのは、もう八時半ごろでした。

それから私は、やりかけのガリ切りやあすのストに使用するビラ書きをするために、青年部宣伝部長の二階堂武夫さん、組合運動にいつも熱心な浜崎二雄、小林源三郎、大内昭三、菊地武さんたちと絵具をとかしたり、新聞紙をきったりして、おもいおもいの考えを字にあらわしながら、ビラ書きをしていました。

夜がふけて、ねる設備もない殺風景な組合事務所のどまに新聞紙をならべ、だきあって下駄をまくらにしている者、組合旗をあたまからすっぽりかぶって、蚊をよけてねむる者、私もいつかつかれがでて、机にもたれたまま、ぐっすりねむりこんでしまいました。

とおくの方で人声をきいた気持で、眼をさましたときは、あたりはもう明るくなっていた。私はあわててたち上り、朝食をとりに家にゆくために、松川駅にむかって走った。私はその当時、松川の近くの安達（あだち）から汽車でかよっていたのです。汽車はもうついていた。階段を夢中でかけ上り、ようやくのことで乗車することができました。そこではじめて、私は乗客から列車テンプク事故のことをきき、おどろいたのでした。

十六日から十七日にかけてのできごとといえば、いくらおもいだしてもこれだけです。まったくフシギといえばフシギ、いったいこのほかに、なにをしたというのだろう。眼はますますさえてくる。「ソノちゃん、しっかりした気持でいるんですよ、母さんは大丈夫だからね。」強くおくりだしてくれた母の顔が、とじたまぶたの裏にやきつくように浮んでくるのでした。

ウソを言えと……

次の日から、とり調べは、朝九時ごろから夜の十一時ごろまで、連日強引につづけられました。

「おまえがぜったいに立証されない点を、おれが、おしえてやるからついてこい」

玉川警視が紙になにか文字を書きならべ、番号をうちながら、脱線作業につかったという道具のもちだし、人の出入関係などを私にしめし、さらに図まで書いて、

「おまえには味方とたのむ者は一人だってないんだぞ！　おまえたちの信頼している杉浦や佐藤一だって、だいたいのことはいってるんだぞ。他の者はいまごろはスッキリした気持になって朗らかになっている。おまえなんか芝居の幕引きぐらいだ。そんなおまえが、なにもガンバル必要はないだろう」

やつぎばやにでてくる警視の言葉に、私のあたまはすっかり混乱してしまいました。だが私はようやくふみとどまった。知らないこと、わからないことを、どうして知っている、わかっているといえようか！

やがて十月二十九日、待ちにまった拘留理由開示公判がひらかれた。ああ！　私はその日知った。私の背後には、たくさんのはたらく仲間たちがいたのだ！　私はけっして一人ぼっちでとらわれたのでない。たくさんの友だちもきている。母もきている。自由法曹団の弁護士さんが、やさしく強くはげましてくれる。私は裁判官の前で、ひとことひとことはっきりと陳述しました。「警察での取り調べは、私にウソをいわせようとするのみだ。私がほんとうのことをいえば、ウソだとあたまからきめつける。真実をいう以外になんの方法があるだろうか。小林、大内、浜崎、菊地たちは、絶対に事件に関係はない。私はあくまでそれを信じています。みなを即時釈放して下さい」と、その日私は、母の声を久しぶりにきいた。利害関係人として法廷にたった母は、私の無実を心をこめて主張してくれました。私たちは心のなかで、ともにかたく抱きあうおもいだった。

甘言・脅迫

十一月になった。東北の地に、寒さは日増しにつのってきました。そのころ私はまた、吉良、三笠の両検事に、前に増した陰険な方法でかわるがわる、せめたてられていました。

「ソノちゃん元気か」十一月五日、三笠検事はそんななれなれしい調子でやってきました。

「今日こそは、あなたに、ほんとうのことをいってもらいたいとおもってね、」火ばちをわざわざ持ってきたりして、たいへんな待遇ぶりでした。検事は私がかつて北海道にいたことがあることを知っているので、北海道の話などもちだす。なつかしい土地のことでも、あいづちをうったりしていると、ときおり話をきりかえ、事件の話に持ってゆく。あぶない、あぶないと気をくばり、おもいで話もかたくなり笑えなくなってくる。検事はこの時とばかり、

「八月十三日二階堂武夫からなにか相談されなかったか」

「なにも相談なんかされてません」

「ほんとに相談されないか」

「ほんとうです！」

すると検事は、「だからいやになる、あなたがほんとうのことをいわないのは、共産党の連中からつるしあげられたんじゃないのか？」

とあわれむような口調でいい、すっかりフキゲンな様子にかわり、戸外に眼をやる。私もつられるように戸外に眼をうつしました。

ちょうど調べ室の窓下に、わかい夫婦が子供をつれて、たのしそうに語りあっている姿があった。

「あれをみて美しいとおもわないか？」

そんなふうに、私の心のよわい面をついてくるのです。そしてひるになると、カツ丼をとりよせてくれたりする。

「あんたの場合は従犯だから十年位の懲役だが、正直にいうと三分の一に減刑され、さらに情状酌量されてすぐに出られる」と、六法全書をとりだして説明しはじめた。

「今の状態で否認しつづけていれば、どん底におとされ、両親の顔などぜんぜん見られなくなり、そして青いキモノを着せられ、手錠をかけられて、死刑囚といっしょにとりあつかわれるんだ」

検事はあみ笠をかぶって警官に引かれてゆく罪人の画をかいて私の顔をうかがう……

ついに敗けて……

私はまたすっかり弱気になってしまい、もしそうなったらどうしようと、父母の姿が急にあわれっぽくうかんでくるのでした。ついには死の恐怖がまつわり、気がテントウしそうになってゆく。外はもうまっ暗になり、街をゆく人影もまれに、つめたい電灯のかげを寒そうによぎってゆくのが見えます。

「明日にして下さい」

あまりの苦しさから、いっこくも早くのがれたく私は検事にたのんだ。

「駄目だ……これだけこたえないうちは……」

そして検事は次のようなことを私に示した。

その一、八月十六日、誰にたのまれて組合事務所に泊ったか?(誰にもたのまれたのではない)

その二、そこでどんなことを誰にいわれたか?(松川事件に関係あるようなことなど、ひとことも、だれにもいわれはしない!)

検事のへびのような眼、それは私の「自由」をもとめる弱い気持に、じりじりとくいこむように、インウツに光っていました。

調べがおわったのは夜の十一時すぎでした。

「明日の宿題にしよう、よく考えておけ」そういわれて、つめたい監房におろされた。次の日、それはなんと寒い朝だったことか。前日よりも早く、検事はやってきて、私はまた調べ室にだされました。

逮捕されて以来数十回、連日連夜、おどかしと甘言にこづきまわされ、私の心はさんざんにみだれてしまった。早く自由な身になりたい――彼らはその人間の弱点をたくみにとらえたのです。最後の五分間、私はふらふらと、だまされてしまったのでした。

検事は母を家からよびだし、いろいろうまいことをいって、となりの部屋で責めつけられている私に、わざときこえるようにいうのでした。

「明日は、おれが検事正にたのんで、いっしょに帰らせてやろう」などと……

そうして、とうとう私は、彼らの甘言にのって、うその調書をみとめてしまったのです。気がついたときは、切れてくされはてた縄を、後生大事につかんでいた私だった。ああ、どうして私は真実をまもり通せなかったのだろうか――。

まもなく私は、福島拘置所に移された。次の日、接見解除になり、はじめて父母と話しあうことができた。

すっかりつかれはてた私を見て、父母たちはたいへん気をもんで、いろいろ、なぐさめはげましてくれました。拘置所にうつされて、十日ばかりは、ほとんど食事ものどにとおりませんでした。四畳半の独房に、食事も寝所も便所もいっしょ。食事は麦八分、米二分の五等米（刑務所の食事量の等級で、一番小さいもの）ミソ汁は大根が二つ三つ、ぽっかりと浮いているようなものばかりでした。

しかしそれにも増して、私の心は、真実をまもり通せず、ヒレツな検事たちのために、ウソの調書をとられ、多くの同志たちにめいわくをかけ、ひいては組合の、党の運動に重大な障害をあたえてしまったことにたいするはげしい悔恨のおもいにおしつぶされたのでした。

私は一人ではなかった

だがやがて、私は日ごとに元気を回復してきました。拘置所で他の同志たちが、私以上のきょうはくとゴマカシに、敗けずに真実をまもってたたかった事実を知り、また獄外の多くのひとたちが、松川事件は支配階級が、当時の東芝、国鉄などの首切反対闘争をおしつぶし、組合運動とそれを指導する共産党に打撃をあたえるためにしくんだ一大陰謀事件だと、はげしい抗議の運動をまきおこして、その声が四方壁にとりかこまれた、この独房のなかにもつたわってきたからでした。

そうして私は、私のあやまちと、弱さを自己批判し、このうえはどんな苦しみにあおうとも、真実をまもり通すために、たたかわなければならない。それは私のおかしたあやまちをつぐない、人間として、党員として、生きる唯一の道であることを、確信するようになってきたのです。

この世のどん底のようにおもえた拘置所の生活が、やがて私にとって、修養と、たたかいの場所になりました。私たちは別々の独房にとじこめられていたが、差入れされた本によって、勉強しあった。「ソ同盟共産党史」を初めてよんで、私はほんとうにマルクス・レーニン主義とはどんなものかを知り始めました。恥ずかしいことに、私は党員とは名ばかりの党員だったのでした。

となりの房にいた国鉄の斎藤千さんが、私の先生でした。毎日々々一日ごとに私の眼のまえはひろびろとひらけてゆくおもいでした。私はむずかしい字にはカナをふり、意味を書き足し、夢中になって勉強した。

私たちの運動はなんと大きな歴史と、はばと、科学的な理論をもっているのだろう。私という一人のちいさな女が、この陽のあたらない独房にとじこめられていようと、けっして私は一人ぼっちではなかったのだ。日本中のはたらく人、中国の朝鮮の、アメリカの、フランスの、そうしてヒリッピンからインドまで、地球のすみずみまで、数千万、数十億の兄弟がいるのだ！

私の入っていたのは四舎の五房でした。四房に斎藤さん、三房にトラ公こと岡田十良松さん、二房に大内昭三さん（昭ちゃん）、一房に小林源三郎さん（みんなはこの長い姓をちぢめてコバちゃんといっている）の五名でした。

あちらの房でも、こちらの房でも、討論と読み合せの声がきこえてくる。それは日曜日までもつづけられる。私の毎日は身のしまるような緊張と希望の日の連続になりました。

誓いをあらたに

そのあいだ、公判はひらかれ、会をかさねていましたが、私たちは、私は、もうけっして敗けることはなかった。検事のデッチ上げは日に日に明白になり、山本主任検事のごときは、公判が進むにしたがい、しだいに、かくしきれないローバイの色を見せてきました。時おりは公判に出席せず、どこかで誰にチエをつけられているのか、忘れかけたころにまた姿をあらわしたりしました。

二十五年八月二十五、六日の両日、無実の二十名にたいして、死刑十名をふくむ求刑を平気でおこなった山本検事の、その厚顔さ、ずぶとさ、私たちは永久に彼の名を忘れることはできません。

しかも私たちは無罪を確信していました。どんな恥しらずな彼らも、回をかさねた公判で、事件のデッチあげが、これまではっきりしてきたのでは、いかんともできないではないか——と。

しかし十二月六日、全員有罪の判決は下ったのです。だが私たちは、けっして敗けたのではない。いかなる力が私たちを、そして私たちと日本、世界の人民のあいだを切りはなそうとしても、それは無駄でしょう。私たちは二審の勝利をめざして、二十名が一つの砲丸となって、たたかいをすすめることを決議しました。
一、あらゆる階層の皆さんに、松川事件の真相を知ってもらうよう密接な連絡をとる通信をおくる。
一、全面講和を勝利させることは、松川事件を勝利させることになる。全力をあげて講和投票運動を推進する。
一、全員無罪釈放百万人署名カンパをうったえる。
以上三つを当面の闘争方針として、獄内より全力をあげてよびかけることになりました。どうかみなさん、外国の手先となって日本を軍事基地にし、戦争に協力させようとするいっさいのくわだてに勇敢にたちむかい、たたかってください。松川事件のデッチあげをゆるしたならば、彼らはあらゆる人民の要求とたたかいにたいして、あのような陰謀事件をデッチあげることに成功し、彼らの利益のための戦争にひきずりこむでしょう。私は今度保釈になりましたが、これはひとえに全国の同志の方、はたらく人たちの無罪釈放要求の成果にちがいないのです。一人出所した私をふくめて、全員二十名、あくまで日本の平和と独立をまもる全面講和と、第二審勝利のためにたたかうことを誓います。皆さんと共に——。

私の保釈出所にあたって、絶大な御支援御協力をくださった皆さんに深く心からお礼いたします。また一年七カ月の長いあいだ、わが子の真実をまもるためのたたかいに、家を売りはらい、時計、ラジオまで目につく家財道具を売りはらい、今日まで終始一貫、私を激励し見まもってくれた父と母に、心からの感謝をささげて筆をおきます。

（昭和二十六年五月二十四日　自宅にて）

（編者註——これは『新女性』読者にあてて同誌七月号に発表されたもの）

十一人は知らぬ人

高橋　晴雄

はげましのお便り心からうれしく拝見致しました。そして、私達の真実のために無罪釈放署名を、懸命になってやっていただいていることを知り、ただ感謝の外はありません。こうしてお便りを獄中にいただくことは、その度に心から勇気づけられます。

この事件で売国奴の手先を務めた、第一審の裁判長であった長尾と言う判事は、その良心を売って私達を無実の罪に、有罪に落し込んだのです。（私達が事件に無関係である事は、この裁判長はよくよく知って居たはずなのです）それでも、その良心が極くわずかに残って居たと見えて、名古屋高等裁判所の刑事部長に栄転はしてみたものの——この私達の有罪を判決した昨年十二月六日のその日から、急に精神状態が変になり、名古屋に行ってからはただの一日も裁判所に出勤せずして居る内、その精神衰弱が悪化し、とうとう発狂し、今名古屋脳病院に入院して居るそうです。これこそは資本家、売国奴共の崩れ行く末路の縮図だと言っても言いすぎではありませんね。……

十月二十三日からは再び闘い、——控訴裁判が連日開かれますが、今度こそは必ず真実が勝利するでありましょう。

この私は、事件の起きた夜は、事故の現場より十五粁も離れた福島市内の自宅に妻や家族と一緒にねむって居たのです。そして、婆さんも妻も公判廷ではっきり証言したのです。だのに検事は――「被告人高橋は、自宅を家族に知られぬようにひそかに脱出し（午後十時半頃）ひそかに帰宅したのだ！（朝七時頃帰ったと）」と言って居るのです……もし本当に私が夜、家を出たなら真夏のこととて家人はまだこんな時間には大てい起きて居るし、又朝帰りの午前七時頃だったら近所隣の人々に見られたり、通行人知人等に出会わないはずはないのです。それなのに検事側にはこの私を見たという人はただの一人も証人が居ません――（勿論私が一晩家に寝て居たのだから、あるはずありませんね）だのにこの様な私の家族の証言は、全く黙殺して検事の言う通りの判決だったのです。

そして又、謀議をしたと言う日には、福島県外の山形県米沢市の妻の実家に墓参りに行って居たのが事実なので（事件の起きたのは八月十七日で恰度お盆だったのです）検事は、謀議なるものは、八月十二日から十二回にわたってやったと言い、その内のたった二回（八月十三日が十五分間……八月十五日が十五分間）に私が出席した事になって居るのですが、事実は、この二日共に実家（汽車で二時間半もかかる）に行って居たのです（八月九日から十六日の夕方まで）。そしてその事実も父、母、家人、知人、友人が何人も証言したのです。そして検事側にはこれ又、私が福島に居たという事を証拠だてる人は一人もいないのです。ただ証拠としてあるのは赤間勝美君の（当時十八才の少年）、私達が検挙される十二日前（一九四九、九、一〇）にこれ又、見もしらない「ケンカ」をしたとか、或る少女を強姦したとかの実にいまわしい容疑で逮捕されてから警察、検事等がすでに先に作って置いたスジ書通りの事を勝手に書いてあった（松川事件のこと）調書に、昼夜の別なき脅迫と拷問によって、むりやりにそれを認めさせて拇印を捺させられたものがあるだけなのです。

特に皆に知って頂きたい事は、今二十名が共同謀議者とされて居るのですが、この内十一人の人（東芝側の浜崎、佐藤代治、佐藤一、杉浦、菊地、小林、太田、大内、二階堂武夫、二階堂園子及び国鉄の少年組合員赤間）は検挙され公判に附されるまで、この私は話もしたことがなければ、ただの一度も出会ったこともなかった事実なのです――これが私との共同犯人だと言うのですからただあきれるばかりです。

問題の少女への強姦言々についても全く警察の作り事であった事も又明白なのです。これは単に赤間君のお友達にすぎなかったのです。それなのに警察は、もし松川事件を認めなかったら見物人の前で強姦の実地検証させるぞとおどかされたために、やりもしないのを実地検証されては大変だというのが赤間君で、やりもしない松川事件よりも、その方が大事になり、やむなく松川事件の調書に拇印を捺されてしまったというのが、そもそもの松川事件の始まりなのです。それで弁護団は、この調書に出て来た赤間君のお友達なる兼子ツヨ子さん（十八才）を警察で言う強姦言々が事実存在したか否かを確かめるため、証人に申請し、証言を求めたところ、おどろくなかれ、手を触れ合った事もないほどの清い友達だった。そして兼子ツヨ子さんは、その事を証言台で泣き泣き証言したのでした（それは忘れもしない一九五〇年七月一八日第六十八回公判の事でした）。私は今この手紙を書きながら、それを思い出して一人獄中に涙が出て筆が進みません。

このような劇的な場面が公判に於ては数限りがありませんので、後ほど又書きます。少し、この私に加えられた拷問について一例を書いてみます。

例えば……夜中の一時頃までは休まされず朝からぶっ通しの（調べるのではなくして警察、検察の作ったスジ書の押付のための）口や手に表わせないほどの文字通りの昼夜の別なき拷問なのです（勿論調べ官は交替制）。そして夜中のしずまった頃になると、無言の私に対し、「もしもお前がこの事件をやったと認めなかったら、お前の妻も共犯者として牢屋にぶち込むぞ！」と罵声をもって迫り、又「そしてお前等二人は死刑間違いない、このままお前等は会う事もなくして処刑になるんだ！」「あの絞首台を想像してみろ……而し俺は（警官のこと）そこまではしたくないのだから事件を認めさえすれば今すぐ暖かい家庭へ帰してやるんだが！」……と真夜中に脅し文句をもって迫るのです（奴等は、この私が結婚して間もない事を知って居たのを利用しての強迫なのです）――それで私は本当に妻までも――真実をゆがめる目的で投獄されるかも知れないと思った事もありました……何故なれば、私の妻はあまりにもはっきりとこの私の事件に無関係である事を知って居るからです。こうして、このような事を九月二十二日に検挙されてから十二月五日の第一回公判に附されるまで続けられたのです。特に私が検挙されたのは病気で入院中で医師の了解なしに強引に警察のブタ箱（あの不潔な）に強制退院させられて、病苦と共に全くひどい目に合わされたのでした。

而し私は今日まで決して奴等に屈服しませんでした――それは真に平和を愛し、祖国の真の独立と全人類の真の幸福を望んでやまない、すべての人民大衆の力を信じていたからでした。――そして世界の真実と共にある私は――永遠にその真実を守り通すでありましょう。そしてこの私達の真実も又、闘いを前進させる中において、必ず取戻せるものと確信して居ります。だからこそ今この宮城刑務所の私達の居るすぐ近くには絞首台も作られてあり、そこではすでに何十人となく処刑された、けがれた場所が準備されて居ようとも決して恐れるものではありません。ただ今の私達には、強盗殺人犯人の如く、ひとしくその運命なるものを強引に押付けられる如きことが、もしあったとすれば、それは祖国の滅亡への第一歩であると考えます。従って死は恐れないけれど、祖国の滅亡を防ぐためには、どんなことをしても売国奴のこの陰謀を打ちやぶり、二十名が無罪を勝ち取り、真実を取戻さなければならないと思います。そしてそれは可能であると考えます。

今、第二審の開廷に先立って、全国からは法律専門家の代表八十名（現在）の弁護士が二十名の有罪は不法であり、無罪が正しいとして進んで弁護に立たれました。中には自由党所属の知き思想的に全く正反対の方々が多数加わって居ります。

しかし、相手は真に無実の人間を押付の罪によって殺そうとする売国奴の気狂人共です。どうでてくるや？　もわかりません。法律のみでは、如何に真実が立証されても第一審の如く斯る状態なのです。決して気はゆるせないと思うのが私達の考えです。だが、この闘いが……この私達を生んだ母なる全人民大衆に……ガッチリと抱かれて、一丸となってこの闘いが大衆の闘いとなるときこそ初めて完全な勝利がもたらされるものと確信するものです。そのときこそ、又私達の勝利と共に祖国日本の解放への大きな第一歩の踏み出しであると思います。その意味で、その母なる大衆の力を結集するために無罪釈放百万人署名運動の完成が唯一のカギと考えます。同時に全国から参集される代表弁護士さん方の旅費、宿泊費等及び全人民大衆に知らせるべき公判の進行についての真実を報道する速報等のために相当の費用（松川事件対策協議会では少なくとも二〇〇万円は必要だろうとの意見があります）が必要とされますので、基金のカンパニヤについても一大運動に発展させて戴きたい事を、貴方の友人、知人、隣近所の方々に、又は組織大衆に訴えて戴きたい事を再び切願し、ここに少しく私共の真実を知って戴きたく書きました次第です。

（憎しみと口惜しさに終始しながら獄中より）

ビラ書きの夜

二階堂　武夫

事件の起きる前の晩、八月十六日、私と二階堂ソノさん、小林、大内、浜崎、菊地の六名は宣伝ビラ作製のため、組合事務所（東芝松川）において深夜までの仕事を続け、そしてその夜は事務所に泊ったのであるが、このことが本件に結びつけられ、今日のごとく極刑をうける対象となっている。判決文によれば、この夜十時半頃、小林・大内・菊地の三君が、松川駅線路班よりバールとスパナを盗み出し、この盗み出し成功を祝して六名で労働歌を合唱し、志気を鼓舞し、その後（十七日）午前零時半頃、組合事務所に佐藤一氏が単身やってきて我々と雑談をなし、一時半頃浜崎君をともなってバールとスパナで脱線作業に向った。その時残余の五名は「しっかりやってこい」「見つからぬようにやってこい」と声援を発して送り出したとされており、私とソノさんは、この人達が当夜どこにも出なかったという偽装アリバイを作るために泊ったとされているのである。

だが真実はどうか。

十六日夜八時半ごろ組合大会が終って、組合事務所にのこっていたのは、私と二階堂ソノ、小林源三郎の三人だった。

事務所内は静かで、電燈を真上にしながら、机にかぶさるようにして、ソノさんは事務をとっており、紙上を走るペンの音と、振子時計の音が入りまじってきこえる。小林君はよほど疲れたらしく、会議用の長椅子に体を投げ出して長くのびている。

そこへ、外の方で人の話声がし、足音と共に近くなり、プラカードの打ちつけてある入口の戸をガタガタさせてあけ、浜崎、大内、菊地の三君が入って来た。「なんだ、コサビシ（小林君のこの名を拝名するに及んだのは、いつだったか組合事務所に来た大内君が、小林君にこれを渡してくれと手紙をおいて行ったが、その表面に小淋原三郎と書いてあった。源の三ズイが一段上に籍をうつし、コサビシ・ハラサブロウなる奇怪な名が現出して、通用されるに至ったのである）まだ居たのか。こんなところにのびてやがる」「イスをもちあげて落してしまえ」と、大内、菊地の両君がふざけはじめた。

「しでー奴らだ、おめいらは、やめろよ」と兄さん株の浜崎君がとめる。もちろん、二人は本気でないが、小林君の腹を小づいて起してしまう。「チェッ、うるせいな。俺は頭がいたいんだぞ、馬鹿野郎」と小林君は少しきげんがわるいが、二人はさんざんふざけて仲なおりをしてしまう。

「懇談会終ったの？」と私がきくと、浜崎君が「うん終ったよ。外部の人が帰ったので止めたんだ」「そうか。ところで大内君、君の宿泊の件は、木村のバアさん（八坂寮の管理人）にたのんでおいたから、菊地君の部屋にでも泊れや」と話すと、大内君は「んじゃ武夫さん、どうするんだい。汽車行っちまったぞ、泊るとこあんのかい」ときく。「いやない、それで今考えていたんだ、明日の宣伝用のビラが足りないんでね、今晩ここに泊って、仕事をしようかとも考えてるんだ」「そうか、こまったなや」「なんで寮に泊めねんだっぺ」

「馘首者の入門拒否というわけだろうよ」「おもしゃくねえな、畜生ヤロ」

　私が泊れぬということに皆不満の様子でどの顔も渋い顔だ。そのうちソノさんが、「事務所に泊るのはいいけど、武夫さん、体は大丈夫なのですか。又無理をして、この前のようなことがあると困りますからね」と心配気に話しかける。

　私は夏になると極端に体力が落ち、衰弱するのであり、その上半月ほど前、過労のため組合運動中倒れ、二、三日注射を打ちながら床についたこともある。

　みんなは、がやがやと言いはじめたが、けっきょく、

「んじゃ、ビラ書き、俺たちにもやらせてくれ、いいべ。あんた一人にやらせることも出来ね」

「みんながやるなら、私も手伝いますよ」とソノさんまでが言う。

　こうなれば、とめてもきかぬ人たちなので、感謝してやってもらうことにする。

　早速道具が持ち出され、古新聞紙を出して半分に切り、ポスターカラーを皿の上にしぼり出し思い思いに筆をとった。

「何て書くんだ」「まず首切反対だべ」「吉田内閣打倒もいるな」「もっとあるぞ」「なんだ」「んだな。不当馘首反対だ」「なんだ首切反対と同じだべ」「ちがうべ」「おんなじだ」「ちがう」「おんなじだでば」「チェッ、又はじめやがった、すぐこれだからな。黙って書け」「アハハハ」とにかく、ゆかいな連中なのだ。

　疲れをなおすには、元気で冗談を言い合うにかぎる。そのうち空腹をうったえてきた。夕食を食べてないのだ。

「腹へったな」「んだ、おれもへった」「なにかねいか」「なんにもねえな」「トミニかカンパ芋ねえかな」

（トミニとはトウモロコシ、カンパ芋とはジャガイモのこと、組合隠語）「ねえな」「ああ、カンパ芋くいて」「ねえがな」「菊地、寮から持ってこ」「イヤだ」「このやろ、薄情だな、寮にいっぱいあっぺ。それ持ってこ」「ダメだ、ハァねてっぺ」「かまねいがら、起して借りてこ」「いやだでば」「このやろ、おもしゃくねいやろうだ」

組合にはなにもない。八坂寮に宿泊している菊地君を、さんざん責めている。実際のところ私も非常に空腹であった。何かないかと思ったが、何もない。

「ソノちゃん、組合にはないかな」「あるけど、カギがないからあかないわ」「ぶっこわせ」さっそく横ヤリが入る。「こわすわけにはゆきませんよ。しかられちゃう」「なおせばいいべ」「ダメよ」「八坂寮から何か借りるか。ソノちゃん、わるいが借りてきてくれないかな」「ハイいいわ。行って来ます」と立上りかけたところを小林君が「ああ、俺、米持ってたんだっけ、これ食うべや」「どうしたんだ、その米は」「昨日ない、俺八坂寮に泊ったばい、寮のメシ食ったんで、その分返そうと思ってない、もってきたんだ」「そうかい、それ借りよう、どの位あるの」「あんまりねえな、四合か五合だべな」「一人一合ないわけだな」「ぜいたくゆわねで、がまんスッペ」「それじゃあ、小林君に炊事の方はまかせるか」「よし、やっぺ、ナベはどうすっぺな」「寮から借りてくんだな」

小林君はナベを借りに出てゆき、やがてかえってくる。

「ナンダ、そのナベは、イカレテやがらあ」「しようがあんめ、これしかねいってゆんだからな。これでもたけっぺ」「まかせるわ」

借りてきたのはよいが、大分くたびれている品物である。原形をようやく保っているニュームの鍋であった。そのナベで米をとぎ、電気コンロにかけたが、今度は適当なフタがない。

「ええ、面倒くさいや、これにしちまえ」と小林君、事務所のバケツをスッポリかぶせてしまう。「きたねえやつだ、めし食えねや」「食えねえやつは食わねんだな、アハハハ」

その間に我々はビラを書きつづけた、大分書けた。手は色で変色し、顔も各自数カ所のハン点がついている。筆を洗う洗面器の水は底が見えず、雑多な色でそまっている。丁度電気の下にあるので、小さな虫が数匹水面に浮んでいる。御飯の方もフタがフタなので、なかなか出来ぬらしく、つきそいの小林君がときおりバケツをとっては、中をのぞいている。

そのうち御飯もできたので、食事をとおもったが副食がない。それでソノさんと菊地君に寮に行ってもらい、味噌、茶わん、皿、ハシ等を借りて、御飯を一人一杯ずつ盛り、カビの生えた味噌をなめながら食事をすませた。

食事がすむと各自やはり疲れが出て、今までの張り合いもぬけた。

そのうちに、各人が歌をうたいはじめた。「若者よ体を鍛えておけ」「黒きひとみいずこ」「晴れた青空」「起て飢えたる者よ」

「畜生、じゃましやがる。一しょにうたえ」「へーイ、この若者よ」「うるせいったら」「さあ、みんな前へ進め！」「この野郎、ぶんなぐっぞ」菊地君のいたずらはますますつのり、相手の歌を妨害しようとして、いろいろな歌がとび出してくる。歌合戦だ。

疲れた小林君がまずビラ書きをやめ、会議室のコの字形の机の上にねてしまう。「俺もねっぺ」と浜崎君が小林君とは反対の机の上に、新聞紙を敷いて横になり、福島県下最大の東芝連合会マーク入りの組合旗をかぶり横になる。「畜生、蚊がいんな」「よし俺が蚊ぃぶしをしてやる。葉っぱ取ってくんかな」と言って菊地君が出てゆく、菊の葉をとってきた。ヨモギの葉とまちがえたらしい。

　アレスター（避雷器）のフタの中に使い古しの原紙と新聞を入れ、その上に菊の葉をのせて、電熱器から火をつけてあおぐ。煙がでて、室内に充満する。茶目気の多い菊地君なので、これが又おもしろいらしく、むやみにあふり立てるので、我々はむせかえるようになる。

　「おい、いいかげんにしてくれよ」「もうたくさんだ。蚊はいねえよ」

　やがて大内君は浜崎君のとなりに、菊地君は小林君のとなりに横になる。

　しばらくして私は、物置の中から幻燈用の幕を取り、小林・菊地君の上にかけてやった。すでにかるい寝息がもれている。

　ソノさんも、机に両手をあげ、手を重ね、その上に頭をのせてねむりについた。

　時間は二時を過ぎている。私はまだ起きたまま、連合会の指令・通報・速報・経過報告などのプリントに目を通す。

　そのうち、遠く松川町の方向で、半鐘の音が夜の静けさをやぶってきこえて来た。瞬間自分の耳をうたがったが、やがてハッキリしてきた。火事だなと思って、うしろで寝ている二人をよびおこした。

　「おい小林君、菊地君、起きろ、火事だぞ」

　二人は目をこすりながら、

　「ほんとうかい何も聞えねや、うそだっぺ」「うそじゃない、よく聞いてみな」「なるほどきこえる。町のカネだな。どこもえてんだべな、コサビシの家でねえか」「冗談いうな」

　それからみんな起こして、浜崎君と大内君が外へ見に行った。五分ほどで帰ってきた。

「どこだかわかんね」「どこも明るくなってねえから、火事でねえんでねえかな」「それ見ろ何でもねえべ、すぐさわぐんだから困ったもんだ」「何言ってんだ、馬鹿野郎」「こいつすぐ人を馬鹿ていう、馬鹿々ていうな、馬鹿」「ねっぺ、ねっぺ」「んだ、んだ、又ねっぺ」みんなふたたび眠りについた。

しかし、もう朝だ。六時にはみんな起きた。

「ねだ、ねだ、体がいでえな」「わいの顔黒いぞ」「わがの顔も黒いべ」「きたねえ顔だ」「もどもどだべ」「このヤロウ！」

汗ばんだ顔にほこりがついてたのだろう、どの顔も黒くよごれている。

寝場所を片づけて掃除をはじめる。

「ソノちゃんはよくねたな。半鐘鳴ったの、わかんねべ」「なに半鐘て？」「やっぱりわかんね。今朝半鐘なったんだ」「何時頃」「五時頃」「何の半鐘なの、火事？」「それがわがんねんだ」「変ね」「何かあったんだと思うね。その内にわかるだろう」

八時からビラ貼りに出ることになっているので、ノリにするうどん粉を買いに大内君が出て行った。

各班別にビラをそろえて分けたのち、どうも外の様子が少し変なので、私はソノさんを残して組合事務所を出て、会社の警備所の前まで来ると前方からウドン粉をもった大内君と逢った。

「武夫さん、汽車が脱線してない、人が死んだというぞ」「どこで！」「よくわかんねが、すぐそこだというよ」「何人位死んだの」「三百人位と聞いたな」「そいつはしでえな」「俺見てくるわ」と大内君は又出かけて行った。

私は八坂寮の二階にいる佐藤一さんの部屋にとんで行った。ちょうど彼は起きたところらしく廊下に出ていた。

「一さん、汽車の脱線で三百人死んだというよ」「三百人？」彼も私の話におどろきの目を向けた。「君はどこに居たんだ」「僕ですか、夕べはビラが足りないんで、組合事務所で小林君らと徹夜で書きましたよ」「そうか、そんなら俺に知らせてくれればよかったのにな、手伝うんだった」「いやあ、あんたも疲れていると思いましてね、我々でやりました」「御苦労様だったね」「それにしても一さん、これは何かあるぞ、三鷹の例もありますからね」「うんそうだね。気をつけなければなるまい」

そのまま、私は二階から下り、ビラ貼りの準備のため組合事務所に向った。

以上が問題の十六日夜から朝にかけての我々の行動であった。

その力を信じて

阿部　市次

痛恨の日

その日、みんなは勇敢だった。轟然と爆発した二十名の怒りの気魄は、完全に法廷をのみ、棍棒とピストルのまっ只中で、誰れ一人として、やつらに手出しはさせなかったのだ。

「君たちはアメリカへ行け！」

同志鈴木（信）のやや青白んだ顔から、えぐり突くことばがとび出す。傍聴席からは、かくしもった赤旗がふられ、同志は椅子の上に立って傍聴者の激励に答えた。傍聴者の気魄も、今にもわれわれ二十名をとりかこんでしまおうとするように、ぐいぐいと顔、顔が出てくるのだ。裁判官はオロオロとして、判決文にしがみつき、警察と刑吏のピストルは何をしたらよいのかわからぬように、フラフラと動いている。検事はわれわれの気魄にポカンとしたままだ。カメラも新聞記者も、しばしアッケにとられていたが、またはげしく動き出した。傍聴席の同志や家族のどよめく声（涙ぐんでいる声もあった）に送られて、われわれはぞくぞくと、退廷した。

「山本！　おぼえておけ！」と、私は退廷しながら、検事席の山本に向ってどなりつけた。外では道路に集っていた同志たちが追いかけてきては、はげましてくれた。私はただ、「オーッ、ガンバレよ」と一言いって、軽く手をふった。はげしい怒りの中に身をつつみながらも、これらの同志たちのはげましは、しっかりと胸にたたきこんだ。

裁判所の留置所にはいり、むしろの上にどっかりすわりこんだ。

「畜生！」胸の中のかたまりは、痛いように黒々と脈拍とともに心にうずく。第一の闘いは終った。そして悲しくも敗けたのだ。

これからの闘い、これは極めて困難な、そして長期の闘いなのだ。同志よ、大丈夫か！　真実を守って最後まで闘えるか！

家族――ああ家族は……唇がふるえるのがよくわかる。家族は大丈夫だろうか？

ガンバッてくれ――と祈るような気持で二十名の家族のことを思う。家族の顔がつぎつぎと浮んでくる。

だが、現実はきびしくもつめたいものだ。

本田君が房へはいってきた。

「市ちゃん、やりやがったな」

「ウン」私はそういっただけだった。

同志鈴木の声が扉のすぐ外でする。

「信さんはいれ」といってひっぱりこんだ。同志鈴木の顔は下痢のため、いつもより疲れて見える。

「イエエ……」と床を拳でたたいてくやしがる同志鈴木の顔を、私はじーッと見つめていた。彼の怒りは獅子の吼えるように太く鋭い。

昇君（本田昇氏）は「有罪なんてさっぱり感じねェ」といってニコニコしている。私はポッと「みんな真実を守りとおさなければ」「ウン、方針をたてよう」同志鈴木はすぐに応じてアカハタ日記をとり出した、私は「真実を最後まで守る」というと、

「いやまて、第一に、第二審で必ず勝つ、だ！」と、たたきつけるようにいう、私はそうだ！　と思って心もちあわてた。やっぱりあがっているわいと……。さすがに同志鈴木の感覚は鋭く正しい。

「第二に、真実を最後まで守る」「家族をげきれいする」と私はいう。昇君は「体をきたえる」とすかさずいう。

同志鈴木は四つの方針をアカハタ日記に書き終えて、さらに方針を検討していた。

謙ボー（加藤謙三君）は拘置所にはいるなり、同志斎藤（千）と同志武田（久）とトラちゃん（岡田十良松君）に泣き出しそうな顔で、

「かんべんしてくんにゃ。おれが弱かったから、こんなになった。でもみんなを殺しておれだけ生きてはいねェ……」と、みるみるうちに涙を目にためてこういった。同志斎藤は「馬鹿なことをいうな、おれたちがクビられてお前まで死んだら、真実はどうなるんだ。最後まで生きぬいて真実を伝えるんだ」「おれたちをクビにしても謙ボーまでは大丈夫だ。牢屋の中でガンバッて闘わねばならないときだ。牢屋の中で佐野や鍋山のようにはなるなよ。真実とは共産主義者の道だ。いいか、わかるか！」と、同志武田はいう。トラちゃんの手をぎっしりと握りしめていた謙ボーはこのことばにひきずられるようにうなずいていた。トラちゃ

んは謙ボーに元気を出せ、これからが闘いなのだ、と力強くはげましている。同志斎藤にしろ、同志武田にしろ、別れ別れになる今後のことを思い、残り少い時間を、若い同志の血のでるような自己批判に、かざり気のない闘志で対していた。だがこの瞬間には二人集れば二人して、三人集れば三人の口からこもごもと、これらの劇的なことばはかわされていたのである。

闘う者の烈しい気魄は、過去の誤りや個人の感情を灼熱の中にたたきこんで一本の太い熱鉄のかたまりとしてしまった。

憎しみのるつぼ、赤くやくる！　くろがねは今ぞ燃えて――きたえられてゆくのだ、若き生命を。

四つの誓い

同志武田はケンカ腰で看守と争いながら、私たちの房にはいってきた。「方針」は同志武田にも伝えられ、同志武田の提案で「家族と獄外の同志をげきれいする」と訂正された。四人の話は、今後のこと、諸情勢のこと、判決の刑の予想のことなどを語りあった。

同志斎藤の声が聞える。若い連中はインターナショナルを歌い出した。赤間君の声が一番大きい。

同志斎藤はズカズカと房の格子のところに寄ってきて「信、方針はどうだ」という。同志鈴木信は「今きまった、

第一　第二審で必ず勝つ

第二　真実は最後まで守る

第三　家族と獄外の同志をげきれいする

第四　体をきたえる――

〝四つの誓い〟だ。これでいいだろう」

「うん、よし発表してくれ」

「いや千さんやれよ」と、同志鈴木は遠慮する。

「何いってんだ。方針の決定者がやれよ」

と、はじきかえす。同志鈴木は照れた顔をまじめな顔になおして立ち上る。

「おーいみんな、今後の闘争方針を発表するから控えてくれ」と、号令をかけるような強く張りのある声で叫ぶ。闘争方針は伝えられた。同志佐藤（代治）「オーケー」と軽やかに答える声で、闘いの方針は各自の胸にしっかりとはいった。

同志佐藤一は一人で怒ってどなっている。ソノちゃん（二階堂園子さん）を呼ぶ源ちゃん（小林源三郎君）大内ちゃん（大内昭三君）菊地ちゃん（菊地武君）の声。それに答えるソノちゃんの声。みんな元気だ。再びインターが歌い出された。判決のときの気魄は少しも衰えてはいなかった。

私たち四人は、またつづけていろいろと語りあった。しかし、一番深く心にかかるのは今日を出獄の日としてまっていた家族のことだった。涙ぐましい一年の苦労。世間の冷たい迫害にたえて援助してくれるとしても、とぼしくなった数少い同志と、まったく血の出るような闘いをつづけてきていたのだ。

家族のことになると、四人の口は重く沈み、いいようのないいかりとともに、吐息がもれる。十二月の寒さは空腹とともに体にしみる。「判決（刑の宣告）に力づくでもやつらは法廷にひっぱりこむかもしれぬぞ」と、ギラギラと目は光る。外のあわただしい動きに、もしかしたら傍聴者のうちに逮捕者が出たのではなかろうか？　などとも心配した。

共産党中央に電報が発せられた。声明の書き手もきまった。同志斎藤から宮城刑務所の体験談が話された。私も昇君も信さんも宮城の一カ月半の体験をなつかしげに語りあい笑いあった。（鈴木、二宮、阿部、本田、高橋、斎藤は一度宮刑に送られたのである。第一回公判前にである。宮刑＝仙台市宮城刑務所）

互いに温い同志愛に温められながら、そして時おりこの判決への怒りを爆発させながら、自然とおちつく先は、いい合わしたように地下にひそんだ同志——偉大な指導者たちのたくましさや、ほかの同志たちの闘いのことなどだった。

家族の心づくしの昼食をたべて拘置所に早く帰ることを要求した。

公判は、私たちの退廷によって休憩となった。「ザマ見ろ！」しかし、この判決に抗して労働者の闘いはどれほどの闘いを示すだろう。共産党中央委員の追放は見送りに近かったのだ。

獄外の同志よ、われわれは最後まで闘うぞ！　うらみの日十二月六日！

全世界に波うち伝りゆけ、このいきどおりを！　不滅の党、日本共産党を断じて守れ！

四人の顔は朗らかだった。しかし強い決意がしみ出ている。弁護人の指示に従って、家族に至急さし入れをしてもらう物の品名を書いた。明日は宮刑送りとなるのかもしれないのだ。

家族や同志たちの声に送られて、拘置所へ帰った。判決は各自の刑がなんであるか知らなかった。

房にいれられてから、私は四つの方針（誓い）とともに、大事なことと思って、次のことを二舎の同志に話した。

「同志諸君！　有罪はけっして個人の弱かったが故に着せられたのではない。あくまで政治的な陰謀としてくまれたものである。だからみんなが一つになって闘ってゆかぬかぎりこの闘いには勝てぬと思う。弱かったことが今日の原因でないことをしっかりと理解してほしい。そして、こうなった責任を弱かった人々におしつけては絶対にならない。吉田とウォール街の殺人鬼どもの、日本人民に下した判決だからだ」

二舎だけだったが、同志たちは「大丈夫だ」「よーしわかった」と元気に答えてくれた。他の舎においてもおそらくこれと同じことがくりかえされたことであろう。時がたつに従って憤りは一層強い。一年にわたる公判で何一つ有罪となし得る証拠など出し得なかったのだ。

検事の卑劣な策謀を封じ、われわれが完全に勝利した公判だった。赤間勝美君にせよ、本田昇君にせよ、テンプクのあった夜、赤間君は家に、昇君は組合事務所に宿泊していたことは証明された。十一回の謀議なるものも彼らがいう〝謀議〟の場所と時間には、多くの人々がわれわれとともにいたのである。それは検事も裁判官も認めねばならぬ。この人々は証人台に立ったとき、謀議を否定し、われわれの行動をのべ、その行動は何一つ、この事件に関係していなかったことを証明したのである。八月十三日の〝謀議〟なる時間は佐藤一君は松川に、斎藤千さんは郡山にいたのである。検事は、この二名は「当時福島にいる」とウソの調書を片手にがんばった。だが、われわれの証人たちは、松川で佐藤一君と話をし斎藤千さんと郡山で話しているのだ、しかも検事の主張する謀議の時間にである。検事は、われわれの証人の証言をくつがえし得る反証は何もなかった。しかし、没落の資本主義にしがみつき、狂ったファシストどもに出世の保障をうけた検事と裁判官は日本人の良心を完全に失って売国奴と化したのだ。日本人民の憎しみをたたきつけられる日まで、この夢は捨てることができぬであろう。

平和と独立とが人民の手によって闘いとられた時、かれらは正義の名によって正しく裁かれるのだ！

註――八月十三日のいわゆる第一回謀議は非常に重要なものとされている。だが、ことごとくにくずれ去った。松川は福島から汽車で約三十分、郡山は汽車で一時間半もかかる。（阿部）

判決をきく

所長室によばれて岡林、大塚両弁護士から判決をきいた。

私は「死刑」と聞いて、ニヤッとした。しかし、胸には熱いものがこみあげてきていたのだ。同志杉浦（杉浦三郎氏）も「ホウー」といって眼を細め、同志佐藤は「たいしたもんだな」といって笑っている。このことばにみんなもドッと吹き出した。同志杉浦も同志佐藤一もともに死刑の判決だった。

みな判決を聞いた。しかし動揺している顔は一つもない。死刑組を、時おり目を光らしては見つめているみなの視線を感じて、私はツンとすましていた。

同志加藤（謙ボー）は「市チャン」といって握手を求めてきた。同志佐藤一も私に握手をもとめた。同志佐藤一の握手は誰よりも私の心に強くひびき、強くにぎり返して「ガンバろう」といって顔を見合わせ、明るく心の底から笑いあった。

判決を知らぬ同志たちに「たいしたことはないぞ、ガンバレ！」と拘置所の中央で大きくみんなにいった。房にはいってから判決の様子を同志武田に大きな声で伝えた。聞き終った同志武田は黙っていた。十名ずつ弁護士とあった。同志鈴木の組は私たちのあとだった。同志鈴木は弁護人から死刑といわれたとき「畜生！」といって眼をつぶり、腕ぐみをしてしまった。同志武田は彼の顔をじーッと見つめていた。同志斎藤は一人でしゃべりまくり、弁護士に「四つの誓い」を説明した。

弁護士たちは、この「四つの誓い」を聞いて何度もうなずいていた。同志鈴木が静かに眼を開けたとき、彼の顔は軽やかな微笑を見せていた。昇君はあい変らず冗談をいいたそうな茶目な目付をして笑っていた。他の同志たちも元気だったが、憎しみと闘志は沸りたって胸にあった。明日からは、いや只今からはもはや闘いの炎は必死の気魄でほとばしり出てゆくのだ。

闘いの夜は静かに

裏山に懐中電灯をともし、足ぶみしながらピストルと棍棒がつっ立っている。五、六人もいるようだ。すっかり暮れきった南の空は住みなれたなつかしい街々の灯を美しく輝かして、夜のザワメキを伝えている。私はしばらくこの美しくて輝いている空を眺めていた。寂しいような気持もおそってくる。限りなくいとしく思うのは、どうしても家族のことだ。家族のこととなると私の心は小さくゆれる。家族との面会はつづいているようだ。何故か、家族に会おうとする心はつらかった。私の死刑という判決に家族は、はたして耐え得ることができるだろうか？

面会のとき、たとえ家族が泣いたとしても私は決して泣いてはならぬのだ、と思ったりした。そして、自分の心にも、これからさき闘えるか？　闘えるか？　と幾度も反問した。夜風に冷えゆくほほの冷たさを感じつつ、腕をくみながら考えていた。

同志たちよ　ひるんではならない。

嵐の中に地を這い進む人民の姿こそ、私たちにとっては何よりの強いはげましとなるのだ。

暁は近い。暁ににじりよれ！　生命ごと！　身体ごと！　ゆく手に友のクビられる姿がブラさげられていようとも、にらんで死んだその方向こそ、決して同志よ、忘れてくれるな、同志よひるんでくれるな。闘いはこれからなのだ、と悲愴な考えすらうかんでくる。

　同志たちの声は、とても元気に冗談をいいあっては笑い声をたてている。同志鈴木たちも、弁護士との面会から帰ってきたようだ。武ちゃん（二階堂武夫）、浜ちゃん（浜崎二雄）、菊地ちゃん、太田さん、みんな元気で笑っている。杉浦さんはねてしまったのか、静かに物音一つしない。

　三舎の同志高橋から「全員死刑と思って闘え！」と元気な伝言がきた。私はそれを伝えた。三舎も昇君とトラ公（岡田十良松）の声は笑っている。赤間君の「畜生！　長尾の野郎、覚えてろ！」と、いかりの声がきこえる。信さんが首をだした。

「アハハ……イヤイヤ」と、笑っている。

「市ちゃん、大丈夫か」「ああ、大丈夫だよ、とんだ道づれだ」といって、また、私も笑いだした。昇君は今度は「まったく、ばかにしてやがらあ」と一人でどなっている。高橋君も、元気に信さんとはなしはじめた。トラちゃんは「おれの十二年はどうも変だなあ」と十二年をのみこむのに、手をやいている。あいかわらずのんきな野郎だ、と思って一人でクスクス笑いだした。

「市ちゃん、ガンバッぺな」と、トラちゃんがいう。

「オー、ガンバッぺ、たいしたことはねェよ、これからが大変だ」と元気にかえす。トラちゃんは「第二審は、徹底的にやる」と、リキミかえっている。

　兄ちゃん（二宮君の愛称）が面会から帰ってきた。

「かかァのオヤジが、無期だなんて、何にもしない者におしつけて、まったくデタラメだ。とプンプンおこっていたそうだ。安心したよ」という声がきこえる。昇君も帰ってきて「いや！　家族はスバラシイ元気だよ。うれしくなっちゃった」と、うれしそうな声もする。昇君の家が元気だとは、うれしいことだ。

山の上のコンボー共は、火をたきはじめた。パチパチともえ、木のはぜる音と、にぶいいぶりの匂いがながれてくる。何やらの話し声がきこえ、軍隊式に申しおくりの声もきこえる。舎房の裏をまわる人数も、今日は二人で、回数も十五分おき位にひっきりなしだ。

闘いの日、闘いの夜。――時間は静かにたつ。あとにつづいて闘うものを信じてゆこう。家族へもよくいいきかせて、別れねばならない。何日までの生命かしらぬが、根かぎり闘ってゆくことだ、と心の底におしつけながら家族との面会をまった。

昇君が久さん（武田久）と面会の様子を話している声がきこえる。

「うん。オヤジになあ、お前もずいぶん偉くなったもんだな、最高をもらうなんて、といわれてうれしかったよ」といっている。

ガチャ、ガチャと隣りの房がひらいて、杉浦さんが面会にでていった。私たち二十名以外の被告や、被疑者たちは、私たちのじゃまをしないように、やさしい心づかいをしながら、だまっててくれる。

この人たちも、どんなにおどろいていることだろう。この人たちも私たちの無罪を、かたく信じていてくれたのだ。

つぎつぎと、面会にいって帰ってくる同志の声は、家族の元気なことを伝えている。浜ちゃんと菊地ちゃんと武ちゃんの三人は、ひっきりなしに冗談をいって笑いあっている。

浜ちゃんの声は元気だった。代ちゃん（佐藤代治）もなにか太田さんとはなしている。杉浦さんが帰って

きた。房にはいるとき、代ちゃんに、

「息子だよ」といった。房にはいってから、私は杉浦さんに息子さんの様子をきいた。

「うん、すこし元気がなくてね。しかし、まあ、大丈夫だろう」と息子さんのことをいっていた。私は「そうですか」ときりいえなかった。当然なのだ。最愛のわが子が、父の無罪を信じてむかえにきてくれているのに、この期待は無惨にもふみにじられ、そして、さらに死刑の父をみているのだ。息子さんとしても、闘わねばならないことは知っていても、目の前に父をみ、父の姿のうしろに死刑の黒塔を予想するときいとしさのため、父をはげますより、おさえる涙に苦しかったのだ。


私の面会は一番最後だった。暗いコンクリートの廊下を下駄ばきで通るとき、夜空に雲の切れ目からのぞいていた星の光が、とても美しくみえた。

父・姉・妹

さして、あかるくもない電燈の下に、父も姉も妹も、私の顔をみるなり、頬をくずしてニコニコとほほえんでいる。温いその心が、電流のようにつきぬけてゆく。私もひきずられて、ニコニコとなった。私は、

「心配しらんな、おれは大丈夫だから」といった。父は、

「こんどは、死ぬ気でやるんだよ。死んだ気でやれば、何んだって一番つよいんだからな」と、やさしい父の眼は信じきっていて、微動だもしていない。上級学校を断念しなければならない妹は、今まで学校を欠席しても、職場に街頭に、私のことを、私たちのことを訴えてくれた。この妹は、

「兄ちゃん、最高勲章だよ、ハハ……」といって、大きい体をよじらして笑っている。この妹の上の妹は、

「体を大事にね」といってくれた。

両の乳房をしっかりと二つの腕でおさえていた姉の眼は、鋭くひかって、私の左の頬にいたくさえ感じられた。目の奥底ににじんでいる泣きたいような心が、よくわかるのだ。

一番なかよしだった姉、夫婦みたいになかがよい、といわれた二人。姉の美しい顔に唇だけがヒクヒクと動いている。姉の心はピリピリと、ひびいてくる。

私だって、おなじ思いだ。だきついて思いきり泣きたい気持で一ぱいなんだ。私のことを心配して、婚家からかけつけてきていた姉、私の膝頭はゆれ、姉の裾もゆれている。

一年余の苦労、そして、さらに今、今までより以上に長期の困難を、苦労を、またしのばねばならないのだ。

父は椅子に腰をおちつけて、ゆったりしていた。

「今度、米屋をやるよ、それで趣意書をまいている」

といって、御挨拶とすられてあるチラシをだした。立会部長を煙にまくような様子でチラシをみせる。部長も笑って「いいですね」といっている。

妹は、おかしさをこらえながら、

「帰りにこれまいていくんだよ」といい、すぐに、

「父ちゃん、ここにもそれおいていきな」といって、コロコロと笑っている。父も、

「アッハハハ……」と笑いだしてしまった。

姉の眼だけが、つかれたように、私をみつめている。私は、

「たのんだもの、入れた?」ときいた。妹たちは、かわるがわる、入れたものをおしえてくれた。姉は、

「深田さんと、堺さんがきたけど、家族だけというので帰った」と、一言いった。

私にはもう何もいうべき言葉はなかった。かえって、家族の元気なことに圧倒されてしまったほどだ。父は、

「明日、フトンを入れる」といい、妹は、

「家の方は大丈夫だよ、心配は絶対になし」

「ガンバッてね」と、二人して張りきった声でいってくれた。姉は、

「明日面会にきます」と。私は、

「では、みんなによろしくね。おれは大丈夫だから」

といった語尾は、すこし力がなかった、こみあげている熱いものがじゃましてふるえたのだ。

今夜あえなかった弟と、今一人の妹、あいたかった、と暗い廊下を帰りながら思った。

附添の看守は、

「家族は元気でいい。ウーム、立派だ」とほめてくれた。私の眼には涙が一パイ。私はこたえなかった。

房にはいるなり、声をころして、フトンにうっぷして、泣けるだけ泣いた。グッグッと胸と喉をひっくりながら、こころの底から流れる涙は、私の両手を温かくぬらす。

ああ、なんという家族だろう。

たくましい、労働者のこの愛情こそ、限りなき勇気を私にあたえてくれる。何のうれいも、もうない。

闘いは、立派に、このように生長さした。心からのうれしさに、愛情の深さと強さに私は感激して泣いたのだ。

私のこの父は、求刑のとき、私たちの怒りとともに傍聴席の椅子の上にたちあがり、検事をにらみつけながら、そして、少し青ざめた顔をしながら、

「被告ガンバレ！　被告ガンバレ！」とさけんでいた。

私のないているのを察して、同志二階堂は「市ちゃん、あんまり心配するな」といってくれた。私は、

「大丈夫だ。ただ家族が、――家族が、――」といって、またこみあげてしまった。

しばらくして私は、

「家族はたいしたもんだよ、こんなに家族がつよくなれば、この闘いは敗けではない」といった。みんなも、「ウン、そうだ」といった。私はないても、すこしも恥ずかしくなかったから、家族の立派なことになたことを報告した。

心の底から、ホノボノとして、全身にしみわたるうれしさと勇気は、私の心をすっかりほがらかに、何ものにも恐れるものなし、という気持にまでたかめてくれた。

私は一日の疲れもあって、みんなよりも早くねむった。同志武田の声で眼がさめ、明朝早く仙台におくられるということをきいた。私は荷物を区分し、父にわかれの便りをかいた。面会のうれしかったこと、妹には上級学校を断念して、卒業と同時に就職してほしいこと。姉には、姉の婚家によろしくと、そして、私は房に帰るなり、なきだしてしまったことも。最後に私は大きくかいた。

労働者　阿部家族万才！

日本共産党万才と。

（一九五一年四月五日）

折れた線香

杉浦　三郎

寒むい寒むい朝だった
木戸を開けると
見覚えある
土屋刑事外十数名
今日は嫌でも一緒に行ってもらわねばと
出されたものは逮捕状
チェッとうとう来やがった
これで首切り反対闘争おしまいだ
十日か二十日は
この室ともお別れだ
早く早くとホエル犬
とうとう来たか
首切り反対闘争おしまいだ

首切り反対闘争おわったら
サーお帰りと言うだろう

何組合長だ
可哀想に知らないな
組合なんか
お前が来るとすぐ変ったぞ
共産党もつぶれるぞ
それでは帰ってよいでしょう
駄目だ駄目だ話はまだまだこれからだ

何……腹が痛い……そうだろう　そうだろう
腹も胸も頭も痛くなるだろう
若い奴等はみなシャベッたぞ
シャベレば病気は直ぐ治る
強盗、強姦、殺人事件
お前首つり見たことあるか
鼻をだらりとブーラブラ

死ぬ程恐い事はないぞ
話はそれで終りかね
いやいやまだまだウントある

ネズミをネズミ捕に捕えたなら
水に入れよと火で焼こうと
人間様の御自由だ
頭に△紙はりつけて
紙の着物で六文銭
三途の川まで送ってやろう
ナムアミダブ　ナムアミダブ

折れた線香の一本（歌入り観音経を唄う繰り返し）
それはそれは御苦労様
でも今頃六文銭はないでしょう
ウウンおれは探すのが商売だ
女房はきっと泣くだろう
娘はパンパン娘になるだろう

バイ毒ショッて泣くだろう
話はそれで終りかね
まだまだまだうんとある

平の奴らはおこってた
共産党の幹部の野郎
俺達だまして逃げちゃった
今度来たらば殺してやる
そこで幹部は警察へ
お助け下さいと逃げて来た
どうだ最後は警察さまだ
おれがお前を助けてやろう
それはそれはありがとう
話はそれで終りかね
明日は十五日　明日は帰して貰いましょう
こんな野郎身体に物を言わせたら
三日もあれば音をあげさせる
何……身体に物を言わせると

今一度言ってみろ
いやいや今のは独言
まだまだ話がうんとある
東芝係の青年は毎日々々泣いている
お前が言わないばっかりに
重い刑になるのだと
園子もスイ子も女だなあ――
来ると直ぐ綿の差入れ頼んでた
お前が話せば園子もスイ子も帰れるんだ
不人情義理知らず
西山老人占領政策違反でたたき込むぞ
こんな悪党容赦はいらぬ
死刑だ……医学校で解剖だ
サー何とか言え言え言え
ツンボかオシかこの野郎
何……便所へ行きたいと
この野郎オシかと思うたら口きいた
口がきけるならサーシャベレ

こっちの返事をするまでは
便所へなんかやらないぞ

外の者はみんなやったと言ってるぞ
やらぬと言うのはお前が唯一人
九人の言うこと本当か
お前一人の言うこと本当か
お前は民主主義者で……多数決
サーどっちが本当か考えろ
何……何……何だと
一人でも本当は本当だと
この馬鹿野郎
日本の算術忘れたな
民主主義を忘れたか
どうだどうださあーどうだ
何だ何だこの野郎　その笑は何だ
貴様の笑は鬼の笑だ　悪魔の笑だ
薄気味悪いやめろやめろ

何……何だと
自白した奴は気が狂うたと
エエイこの馬鹿野郎
とうとう気が狂うたな
何……何……誰が狂人か
公判廷精神カン定を要求すると
エエイ
コノ狂人野郎タタキ込んでおけ

（一九五一年九月二一日）

わざわざ御見舞有難う御座いました。本日突然御目にかかり東京からわざわざおいで下されるとは思って居りませんでした。その上松田様は二十才代の若い方とばかり思って居りましたので外の方かと思ってしまいました。

御手紙は何回もいただきまして、是非一度はと思いながら今まで一度も御便り致しませんでした。松川の外の者がよく出すようですから、私の下手な手紙はいらないというような気分もありまして、又よく御通信下される方より通信のない方へと思って書きませんでした。

これは、詩の形になっているかいないか私は詩というものは書いたことがありませんのでわかりません。

八月十二日以後、団体交渉その他の会合は、工場周囲を警察の包囲の中で行われ、私の身辺も常に警戒されており、十三日にはアカハタデモ事件の容疑者として、執行委員が逮捕されたのを手始めにその後毎日五、六名から十五名位の組合員が参考人という名目で朝早くトラックで大勢の警察官が乗りこむというような形で連行されました。十六日は組合大会。警官は傍聴を申しこんで来ましたが断りました為、工場附近及工場警備所で警備されその上、十六日夜、松川町に土蔵破りの強盗が入ったといって非常線が張られました。この中でこの事件は起されました。この事件が起るとすぐ私がこの事件に関係あるように新聞で報道されますので、私も首切り闘争弾圧の為にこの事件に名をかりて逮捕されるなと思いました。しかしあまりにも私の行動が明らかで、警察でも手が出ないで困っているだろうと思っていました。

従って逮捕された時も別に驚きもしません。十日か二十日位拘留されて組合の闘争がつぶれたら帰されるだろう。これも運命だとあっさり考えて出かけました。逮捕後三日目唐松判事の拘留尋問の終った時、唐松判事がこう言って来ました。「杉浦様、あなた紳士ですね。外の者は何で俺を引張って来た、すぐ帰せのなんのと大きな声を出したり、いろいろしますがね、あなたはおちついておこりも何もしない、偉いですね」と私はほめられたのやら、いや味を言われたのやら変な気分になりましたが、まあ落ちついて唐松判事の煙草が机の上にあったので、それをもらってゆうゆうと吸って居りました。

そうして、次の日から取調べに唐松判事が十四日といっていたからね十四日迄ゆっくり話をしましょうという調子で、毎日々々強盗、強姦、人殺し、死刑、首つり、そんな話をして、詩に書きましたように三途の川まで送ってやるといって、歌入観音経の、「折れた線香の一本も」という処をよく歌いますので、私は、君々、折れた線香のところだけでなく後を歌うようにとさいそくしましたら忘れたから帰ってレコードでおぼえて来て歌ってやると言って次の日、又折れた線香をやる、レコードで習って来るのを忘れたという。最後にはレコードを探したけれどなかったなどと言ってました。ちょっと他人とは風変りな取調べでした。私も三、四日後には始めに考えたようなものでなく重大な事になりそうだと気がつきました。

初めは、彼らが日本中の弁護士が全部かかったって、この事件だけは駄目だ、証拠がギッシリあるのだからというような事を言われましてもピンと来ませんでしたが、差入れをしてくれた人の氏名さえ文書であると言って知らせない、ものすごく厳重な取扱いで、これはと感じた時には、早く帰ろうと思って行動の一通りを述べた後でした。後で後悔しました、本当の行動というものは取調官には絶対話すべきでないこと、しかし相当の部分を話していない事をとてもよかったと思いました。彼らは本当のことを言うと、それをシラミつぶしにつぶしてゆく、もしも私の事を白であると証明する人があればその人を逮捕し、共犯とする。その人が脅迫されて私の事を黒のような証明をすれば逮捕せずに証人として、私を犯人にしようとしていることが、取調を十日程受けてる中によくわかりました。それで恐ろしい事だ、ことによるとこのまま殺される……人生五十年という、よしきた、あきらめて最後まで闘うと覚悟し、取調の初めに取調官に対し黙秘権など使わない、大いに話し、また議論もしましょうと言ってあるので、中途から黙秘権を使うなどという事もいやだと思いまして、私は最後まで黙秘権は使わない、何度話しても初めと同じだという態度で通しました。

十月二十日前後には、朝から夜まで自白をしないで公判に出ると損なことになる、特に国鉄関係の者は、このような取調には前にも経験があってよく知っているので、皆自白して自分の方に都合のよい事を言っている。お前がそうやって頑張っていると一番重くなる、お前だけならお前の勝手だが、東芝の親方のお前が重くなることは東芝の若者全部が重くなる事だ、又お前が西山の家に十一時頃行ったというので西山の老人は、あの野郎ウソを言いやがって人の家に迷惑をかけると言って、狂人のようになってさわいでいる。娘のスイ子は逮捕した。園子も逮捕だ。お前が話せば直ぐこのような者は帰してやる。お前が話さなければ、西山の老人も占領政策違反でタタき込む。お前が話をすれば、自分の取扱ってる被疑者は可愛いいものなのだ、きっと軽くなるようにしてやる、どうだという、これにはまったく心の中で泣かされました。俺は死ぬ覚悟をしたが、西山の老人までタタキ込むとは何という悪党共だろうと思い、心の中で西山様その他の方々許して下さいと心に祈りながら答えたものです。「お話はようくわかりました……だが、私は前にお話しした通りです」すると「この野郎少しもわかっていないじゃないか」と言って又々繰返します。そうして何回も繰返して、先方からして、「お話はようくわかりました……だが」ではいかんぞと断って来ました。そこで私は言う事がなくなり黙っていることになりました。

このようにして鈴木信や佐藤一も初めは頑張っていたが、とうとう終りには悪るうございました、と涙を流してあやまったと聞かされ、私はおどろきました。彼等がまいってしまうようではもう駄目だ。弁護士に逢いたい、弁護士に、そうして党の本部へ連絡してもらいたい。「この事件は福島でやっていたら殺される。本部で全国的の問題として闘ってくれなければ殺される。弱っている者に弁護士から又は差入の形式でも何でもよい応援してやってくれ」とこう思いながらここで負けては一大事、何のこの悪党共と、最後の反ゲキとして、詩にある、誰が狂人か公判廷でカン定を受けるというので終り、取調官はあきらめてその後取調なし。

次の日三笠検事は、昨日は悪かった今日は検事としてでなく人間としてお話をしましょう、さあどうぞ煙草を吸って下さいと言ってオセジをいった後、前と同じ事でもよいですから調書を取らせて下さいといって、前と同じ調書を取って行きました。

この三笠検事には全くあきれてます。初めに見た時、これはこれは一流の役者だわい、肩をそらして「ウウン、ドウダ、汐時だぞ、汐時だぞ、人間は汐時がカンジンダ」などという時の声に力が入り、室中ヒビキ渡り、実にたいしたものだ、検事という者を初めて見たが判事とは違う。判事連中もなかなかよい声を出すが、さすがは検事だ、判事達からくらべると、一段と役者が上だと思い、口の中でこの態度とセリフを聞きながら「ハリマヤ、ナリタヤ」と手をたたきたい気分で眺めてました。始めのうちは「ハリマヤ、ナリタヤ」と芝居でも見るように感心して見て居りましたが、刑事が六、七名周囲に居って交代でどなられ、その上ノドがかわいた時、お茶を要求したら、駄目だという。「君も呑んでるでないか、俺は罪人でないのだ、同等だ呑ませろ」といったら「同等に俺も呑まない」といって彼はやめてしまった。そうしてしまいには便所へもやらないといい出す。私はいまいましいから、室の中で腰かけたままジャージャーやってやろうか思ったけれど、まあ三度いってみようと思い、三度目をいったら室から出て行ってしまうという実にあきれた男で、私はお茶を断わられてからは、その儀ならこちらも考えがあると、その次からは薬ビンに水を入れてそれをポケットに入れて行き、お茶の要求をしないで、彼等が何も呑まずオシャベリしてる時に、その水を呑んで済ましました。何かもんくをいうかと見てましたら、嫌な顔だけしていました。

このように書きますとあまり苦しめられないように思われるかも知れませんが決して、決してお話出来ない苦しい闘争でした。

唯いつも先手を取れるようにと心掛けました。そして、いつも負けずにいられたのは、俺は罪人でないのだという事です。彼らが私の犯人であるような事を一言でもいったら、私は「俺が犯人であるというのか」と強く反駁しますと、必ずいいます「犯人とはいわないよ被疑者だというのだ」と。それから又私がやったような話をしますと、私は「俺がやったというのか」と強く反駁します。すると「いや、君がやったというのではないよ、これは話だよ話をしていると身におぼえのあるものは気になるのでね、杉浦様どうだね」とこうくるのです。そうして私がやったといってさんざんどなっておきながら、こちらが強く出ると、話だよという、まったくしまつの悪い悪党でした。

こちらが少し弱味を見せたら最後です。立派な犯人に仕上げられます。

簡単に詩に対する説明を書こうと思いまして長くなりました。どうかよろしく。

（一九五一年一〇月八日）

母

加藤　謙三

差入になった寝巻には
なつかしい母のにおいがいっぱいにしみ込んでいる。
不自由な片目でやっと起きられる様な身体で
半月もかかって（ぬって）くれたんだと思うと
母ちゃん、と声をかぎり叫びたいしょう動にかられて
眼頭がジーと熱くなって来る
こんな年老いた母を苦しめ、めくらにしたのは
皆んなあの憎い売国奴共なんだ
俺の出獄を信じ、よろこびに顔をほころばせながら、
俺を迎えに来た十二月六日の母
だがあの売国奴共はこの母からすべてのものをうばってしまった
息子も、たのしみも、希望も、
そして視力までもうばいさってしまったのだ

十二、六の法廷で「ケンちゃん、ケンちゃん」と絶叫し、
手さぐりで人をかきわけ俺のそばへ来よう、
俺をファシスト共から取りかえそうと必死にもがいて居ったあの母の姿は俺にとっては生涯忘れることの
出来ない尊い母の姿だ。
母は良く俺に言った
「ケンちゃん、しっかりするんだよ。母ちゃんはたとえ骨と皮ばかりになっても、ケンちゃんを無罪にす
るまでは絶対に死なないからね」と
そして六〇を越した母は身体より大きなリュックを背おい、
買い出しに、行商に、すべてを忘れて一年の間闘って来たのだ。
雨の日も、風の日も、そして雪の日も、
芝居も、浪花節も、好きな食物も、茶断ちまでして
だがこの苦労もあのけがれた売国奴共は
瞬時にして無にしてしまったのだ。
あまり大きなショックに、母のかすかに見えた眼もすっかり見えなくなってしまった。
そして暗黒の日々をもだえくるしみながら俺の事を考え泣きくらした。
だが強い母は再び闘いに立ち上った。
他の家族の力強い支援と団結の力で、五カ月の入院、五回の手術でどうにか片眼だけは見える様になり、
再び力強く真実を守る闘いに立ち上った。

壁にはられた母の写真は、俺の闘志の源だ、
母さん、俺は母さんを絶対にファシスト共に殺させはしないよ。
母さん、もう直ぐ勝利の日がそこまで来て居ます。
百万人の真実を愛する人間が迎えに来て居るのです。
母さん、身体を大切に闘って下さい。

（一九五一、九、一九）

仕事をしたい

もう十時だ。じつに静かだ。
窓の外の雑草がすっかり刈り取られたせいか虫の声が遠くなってしまった。
ピー　ピー　ピー　ピー
ジ――　ジ――　ジ――　ジ――
と短音と長音の混った音を耳にしていると、おれの職場を思い出す。
トンツー　トンツー　トンツー。
力いっぱい、楽しく働いたことを思い出し、眼頭が熱くなる。
仕事から遠ざかっていると、実に淋しい。

何か心に空洞でもできているようだ。
労働者はどんなに苦しい時でも
働くことが、仕事と取り組んでいる時が、
いちばん楽しいんだなあとつくづく思う。
力いっぱい働きたいなあ。
あの可愛いキー（電鍵）を思うぞんぶん叩いてみたい。

胸のなかで
――・・・（ハ）
――・（タ）
・・・（ラ）
――・――・・（キ）
――・（タ）
・――（イ）
を、くり返す。

おれから何の理由もなく職を取り上げ
監獄にぶちこんだ奴らに
どうしようもない怒りがこみ上げてくる。

ひとすじのみち

武田　久

近衛兵

大地がわれて街路のアスファルトまでが燃え上り
人々は煙りと火の渦にたたきこまれて右往左往に逃げまどい
天も焦げ、人の骨も焦げている。

五間ほどの川には屍体が数えきれずうかんでいた。
水の中で火にやかれ
水の中で顔中一面に砂や泥を食っていたあの形相。
人間の顔だったろうか？
後から後からとびこむ人がかさなり合って
下の人は水で殺され
上の人は火で殺され

この岸からあの岸へ業火が吹き渡っていったと
生き残った人々はいう。

泣きさけぶ子らに
トラックからむすびなどをくばって走りまわったあの頃。

六年前。
日本の心臓、東京は屍臭にくすぶり
放心とウロツキは巷にみちていた。
丸二年六カ月の軍隊生活——
天皇の宮城を、雨の日も雪の日も
あらしの夜も、天の焦げる夜も
守り備えさせられた近衛兵だったわたし。

二人のかわいい子をもつ父親が
あのとき泣きさけんでいた子供らの
あの声を、あの顔を
どうして忘れることができ得よう。

わたしはあたたかさを立派に
ほこることができる人の親なのだ。

戦争！
戦争！
再び近づいて来た、あのむごたらしい戦争！
わたしは知っている、この眼で見てきた。
つみのない人々の生血をこそ
戦争という地獄の鬼はすするのだ。

そして今、もう、ここで獄窓で
痛いほどに私は味わい知らされている。

憤死した兄弟よ

二条の組合旗はひるがえっている。
あの旗の下で団結した労働者たち、
なんで労働者同志で殺し合うことができ得よう。
鬼でもない、悪魔でもない

わたしたちはあたたかい人の子だ。
機関車を転覆されて憤死した三人の兄弟よ、
君たちの赤い血のとび散ったレールこそ
わたしたちの何よりも愛してきた職場ではないか!
職場を守る闘いを闘い通してきた、また通している我々ではないか!
職場を破かいするものは誰だ!
君たちは知っている、わたしたちは知っている!

熱い眼

職場からの代表で会議の席にゆくわたしに
「頼む」とわかものたちは熱い眼をむけておくってくれた。
七万名の青少年の首切りをするという
一九四六年九月十五日は今、明日に迫っている。
だが敗戦日本の、組織されて日もまだ浅い労働者は
すでに大きくくさびを打ち込まれ、
国鉄六十万の団結は宇治山田の大会で
悲しくも二つにひきさかれていた。
関西はストを放棄し

関東以北は賛否をきめかねて
相半ばする勢力だった。
本部からは「下部は態度を決定せよ」と急いでくる、
矢のように急いでくる。
昨日、われわれは
「今後の情勢に待とう」
とだけきめていた、その今日なのだ。

理論もない、思想もない、わたしには経験もない。
しかしつみのない人々を見殺してよいか？
若い人々はわたしたちが
戦争にかり出されている間の立派な職場の守り手だ。
隣接管内新潟がスト決定をしたのに
同じ労働者がどうして生きた列車をおくりこむことができるのか？
「闘いだ、すぐにストダイヤをつくれ！」
はげしい討論だった、時間はすでにない。

機関区の古参助役として

委員長の村井さんは蒼ざめて泣いた
「列車の上をどうして列車が走れようか?
占領軍列車まで全部とまる
ああ、軍用列車まで全部おれたたまる!」

泣きわめき、泣きつかれて、わたしらも泣いた。
わたしはダイヤをひいたことはない。
若さだけがたよりなのだ!
わたしは鉄道電気関係の技術者なのだ!

わたしはただたださけぶ
「労働者にはどんな武器があるのだ!」と。
「労働者にはどんな闘う力があるのだ!」と。
「仕合わせとは自分だけが生きて
他人は殺されてよいことなのか?」と。

闘わない地方からの電報は
「ストを思いとどまるよう勧告する」とくる。

「思いかえして協力されてはどうか?」
との返電をおくるその夜、——
ついに夜明けとともに労働者の偉大な勝利のうたごえはあがった
勝どきのインターナショナル、赤旗の歌。

友よ、
あの日の感激が名誉あるこの牢獄に
糸をひいてつながっていることを知るだろうか?
闘うことを知ったこの労働者は
このときから労働者が心から祝福してくれる道につきすすんだのだ。
けれどもこの労働者は奥深いその道がいずこにつづき
いずこの地の涯にとどくかをはたして知っていたのであろうか?
わたしは正直に告白する——
わたしは何も知らなかった、
だが、わたしは知っていた、労働者の進むべき真実の道を!

雨

二宮　豊

東北とはいえ　壁の厚い檻のなかは
毎日風ひとつなく　むし風呂のようだ。
もう一と月ちかくも雨がないので
たんぼは　足がはいるほど地割れがしていると言う。

稲はどうだろう?
そんな心配していたら、今日は　わずかに雨だ。
朝からどうやら降ったり止んだり……
百姓さんたち、どんなに喜んでいることだろう!
畑作の人々は「十円札が振ってきたぞ!」と言っていることだろう。

雨となると一日一回の大事な運動も中止となるが
このことを思って誰一人、不平を言わない。
みんな百姓さんのために喜んでいる。雨、雨。

我らは歌う

真実守りたたかわん。
冷たく閉ざす牢獄の
鉄の窓をば仰ぎつつ
我らは歌う　赤旗の歌。

ゆまりのにおいむせかえる
暗き獄舎にたじろがず、
同志市川の跡しのび
我らは歌う　若者の歌。

燃ゆる心臓の打つかぎり
働く人々と手を握り
真実守り　夜明けまで
我らは歌う　平和の歌。

陽は高く明るく

本田　昇

紅葉のような手が待っている

どんなに待っていることだろう！
みんな早く帰ってゆかなければならない。
紅葉のような手をした子供のそばに
ボロをぬいつつ子をおもう母のもとに
やさしい、あたたかい、平和な家庭に
仲間の力づよいスクラムの中に
新しい希望と、たたかいの中に
ああ、二十人は帰ってゆかねばならない。
平和と独立と自由を愛する祖国の胸に
私たちは帰ってゆかねばならない。

家族も、弁護人も、監房の私たちも
同志も、友も、世界の兄弟も
百回にわたる公判のあかし立てによって
しっかりと希望の喜びを抱いていた。

よろこびに眠り、希望に明けた十二月六日――
だが、この日、一九五〇年十二月六日は永久に
どす黒いファシズムの血でぬられた！
ありとあらゆるあかし立てを無視して裁判長はオロオロと宣告した。

　五人に死刑
　五人に無期
九十五年六カ月を十人に

死の門

石たたみの長い廊下は、明るく暗く　明るく　暗く、電灯がひくくたれて
ガッチリ噛んだ錠前が一つ一つ鈍く光っている。
鉛のように沈んだ眠り、獄舎の呼吸はピタリと止っている。

送られてきた仙台、宮城拘置所の、ここは死刑囚の獄舎なのだ。


裏のくさった鉄の門。

私たちが……去年の十二月七日、さめやらぬ憎しみを抱いて、ここに送られてきて　ここで知り合った幾人かの友が
看守たちの制帽にかこまれて、うすい着物の前ずまいを気にしながら、この門から消えていった
「さようなら、無罪を祈っていますよ」

残してくれたこの言葉を熱く抱きしめながら、

「立派に……」あとの言葉を呑みこんで、私はいつまでも見送った。

いつ開かれるとも知れないこの鉄の門。

静けさはその沈黙につながっている。

その重い空気の底に、明日をも知れない幾人かの友を眠らせている。

壁　壁　壁　々。
二房に一灯の暗い灯が、看守ののぞく視察口から石だたみの廊下へ
地底からもれるように、かすかに、もれている。
そして、その一つおき……二つおき……の明りの行きわたらない暗がりの中に
小さな机に丸まって同士らの姿が沈んでいる。

可愛い雀が鳴きだした

おお、暗い窓に白んだ空が映ってきた。
真実を愛し、私たちを愛してくれている国民の眼のように
いつのまにか、私を見守ってくれていた。
私たちを見守る国民ひとりびとりの心は
音もなくひろがる暁の静けさとともに
もう高い塀をこえ、今日も鉄の窓辺におとずれたのだ。

友よ！　私は、血で書きつづけます。
あなた方に捧げるために、
世界の二十億の友に捧げるために
愛する祖国の平和と独立に捧げるために
私は、血で訴えつづけます。

友よ。私は、地の果てまで燃えあがる血で、
昨年十二月六日、私たちに死刑を宣告した民族の犯罪者どもに
その背後の国際的大ギャング団どもに、

真実が決して決して殺されはしないことを、
民族独立の火が決して消えないことを
平和への情熱が必ず明日の世界を形づくるということを
ハッキリとわからせるつもりです。

可愛い雀がもう鳴き出した。同志よ、少し休んだらどうだ？　その机のわきで横になれ。
できるなら何もかも忘れて眠れ。起床の鐘が鳴るまでにはあと一時間あまりある……。

鉄格子から流れ入る新しい空気が、おまえの眠っているあいだに
おまえの熱っぽい頭を、眼を、気持よく冷やしてくれるだろう。
おまえの全身の疲れた血を、泉のように新しい血にしてくれるだろう。

バールとスパナの物語

斎藤　千

十

証拠品のバールもそうだ
わざわざX・Yの外国文字が刻まれている
注目すべきしろものが
国鉄松川線路班倉庫から盗まれたという
現場のタンボに静かにおいたような
「さあ、ここにおいたぞ」といわんばかりのものを
証人に出た松川線路班の器材係と分区長が
「これはうちのものと断定できません」
ハッキリのべているのに
裁判官と検事は
「お前の倉庫から盗まれた」と認定した

十一

問題のスパナも同じだ
器材係と分区長は前と同じくはっきりいった
「これもうちのものとは断定できません」
わずか七、八寸のスパナだが
その因縁は奇々怪々
検事の証拠は九本
判決では四本の継目ボルトをまわしたというのに
警察は四九年九月十四日午後零時半から一時間
国鉄職員、新聞記者の目の前で
美事に貴重な失敗をした
「自在スパナは軸がまがり、やっと二本しかぬけなかった」（朝日）
「自在スパナは壊れたため」（毎日）
「自在スパナはボルトをあけた痕跡がない」（読売）
この記事が取消されたこともなく
警察は抗議もしなかったものだ
それでも判事は「手頃の道具」という

検事も「手頃」と繰返す
警察で失敗したスパナを手頃という
一体君たちはいつどこでかくれて実験したのだ
君たちなら、うまくやれるし
い、い、い、い、
うまくやったとでもいうのか

十二

スパナは考える
「俺にゃあのボルトはまわせない
金筋どもが馬鹿力で
おれの背骨をへしおろうとしやがった
二十名の被告よ、日本の皆さん！
おれも君たちと同じ犠牲者です
おれは松川の物置はしらないが
裁判所のくさくつめたい物置で二年もいる
一日も早く出て
働く人のあたたかい真心のこもった手で
油や金屑にまみれ

平和な機械のこの身に合ったボルトを
しっかりしめつけてやりたい、働きたい
おれを証拠だなんて引出したあいつの顔を
みんなにどうにかして知らせたい
バール君だってきっとそう思っているだろう
赤間、浜崎の両少年
佐藤一、本田、高橋の逞しい労働者
小林、大内、菊地の若人たちは
福島地裁で知った人々だ
あとの十二人の人も法廷の知り合いだ」

十三

バールは答える
「おれだって同じさ
おれも松川線路班に行ったこともない
浜崎なんていうやさしい少年に握られたこともない（おれをもてるかなこの少年は）
赤間はかわいい坊ちゃんだ
指先に穴のあいている手袋を

指紋をかくすために使ったといわされた（指紋て指先が大切なんだろう）
君に見えるかい、スパナ君！
おれの身体に赤間の指紋が
あるわけはないな！　つかまれたことがないのに
（スパナはうなずいている）
おれもひどいめにあわしたやつをしっている
だけどおれの声は二十名に聞えないらしいのだ
おれの爪でひどいあいつを引かいてもやれなかったんだ　口惜しいぞ
おれたちが日の目を見るのもそう遠くはないよ
おれはね、スパナ君！
きっとこの思いがとおると思うんだ」

（附記。これは長い叙事詩であるが一から九までは紙面のつごうで省略した。）

お母さん、もうすこしです

お母さん！　もうすこしです。
がんばってください。

「まあひどすぎる
なにもしてないお前を
二年もぶちこんでおいて
その上こんなめにあわせるなんて！」
いかりにふるえる身体を
机につっぱった指先でようやくささえて
じーっと私を見つめているお母さん！
病気にまでして真実をうばおうというのか
死刑や無期の極刑でたらずに
腰から下は一面の内出血がもう六カ月も続き
胸、背、腕にかけた血、血、血の噴出
この前面会にきた妻も
おもわず顔をそむけたみにくい紫斑病。

私が松川事件でとらわれてから
雨の夜も風の日も
屋台店に出て
リウマチスの刺すような痛みをこらえ

はだをつんざく吾妻颪（あずまおろし）に堪え
夜更けた福島の駅頭で
一家五人が生きぬくために
おでんと酒をうるお母さん！

六十にもうすぐというのに
大切なかわいい息子と十九人の真実を守って
うばいとられた息子たちをとり返すために
息子の進む道を息子と共に進みながら
臓腑をえぐる母親の必死の叫びが
農民を起たせ、職場を動かし、街頭に続けられ
家に帰れば四、五日も寝つくほど
ヘトヘトになるまで真実を訴えてくるお母さん！
ゴーリキーの「母」ニーロヴナに続くお母さん！

お母さんの怒り
お母さんの苦しみ
お母さんの闘いは

決してお母さんだけのものではありません
日本中、いや、しいたげられてる国々の
すべての母のものなのです。

お母さん！
苦労が深く刻みつけられたその顔を
あつい涙でくしゃくしゃにして
そのあれてカサカサになった手で
やせ細った私の身体を
痛い程力一杯だきしめることのできる日が
きっと、きっとやってきます。

その日こそ
真実を守りぬいた二十名の
はればれとした顔に
平和の太陽が
さんさんといつくしみの光をそそぎかけるのです
その日のために私は

絞首台のそばの病床で
じっと歯をくいしばってたたかってます。

お母さん！
もうすこしです
がんばってください。
お母さん！

（五一、九、二二、松川事件第一回逮捕三度目の日）

真実は必ず勝つ

斎藤　千

「嘘は働く者の手をおしつぶした。その重圧を是認するんだ。そうして飢えて死にかかっている者たちに罪をきせるんだ。おれは嘘を知っている、心の弱い者、そして他人の生血を吸って生きている者――そういう奴等は嘘が必要なんだ、この嘘はある者たちにはつっかい棒になっている。また他の者達はこの嘘でうまくごま化しちまうんだ。だが自分が自分の主人である人間、ひとり立ちしていて他人を餌にしない人間にとっては、どうして嘘が要るものかって。嘘は――奴隷と主人の宗教だ。真実こそ自由な人間の神様なんだ」

〝どんぞこ〟のなかでゴーリキーは人間を骨抜きにしてしまう嘘に対してこのように叫んでいる。この叫びは嘘の厖大な集積によって国民を戦争と奴隷、そして破滅に導きつつある内外反動の暴逆と闘うすべての平和と独立の戦士に対する激励となっている。同時に本件の原判決に対する世界人民の憤怒を爆発させている。

一九五〇・一二・六　屈辱の判決以来地球上あらゆる平和愛好人民が内外反動に対して断乎たる決意の下に厳重な抗議と警告を発し、我々二十名の即時釈放と全員の無罪判決を要求し、怒濤は日本の中にもわき上っている。

何故世界の人民が決起してるか。真実を何よりも尊ぶからだ。真実こそ平和への道だからだ。嘘は人間にとって戦争と破滅の泥沼だからだ。

我々の処に送られた外国からの激励は既に一千通を越え、原審裁判官及び吉田亡国政府への抗議は最高裁長官の悲鳴に見られる程となっている。米国の作家アプトン・シンクレアの「一〇〇％愛国者の物語」と実に酷似した手法によって本件の捏造を行い、法律民主主義の名の下に捏造を認めている者にとって真実と正義を守る絶叫は、脅迫にも聞え、威嚇とも聞えるのであろう。世界人民の怒りは如何なるファシスト共も抑えたり止めたりすることは出来ない。世界平和の城塞ソヴェート同盟、中華人民共和国を先頭に人民民主主義の国々、ポーランド、チェコスロヴァキア、フランス、パキスタン、アメリカの牧師迄も含めて世界平和ようご大会に結集した八十三カ国の平和と真実を愛する良心ある人々が奮起している。

国内の人々からも半年毎に二千通近い激励が私だけに来ている。人々は本件の真相を聞くと、悲憤の中に勇奮し、民族の独立と自由そして平和を達成することによってのみ、人間が人間として尊重される、希望と幸福に輝く生活を築き祖国の栄誉を守り抜こうと固く決意し闘っている。

第二審裁判官が予断と偏見をもたず、背後の黒い手に操られず、日本人たるの自覚と誇りをもつならば諸君はまず世界の真実の声に虚心坦懐、謙虚に耳を傾け、誠実に聞かずにはおれないであろう。世界の人民は、無実を無実とし、真実を真実として判決することを要望している。これは人間が人間たる自覚と誇りを持つ心からの叫びだ。

我々もそうだ。我々は人間だ。ゴーリキーは人間の偉大さを讃える。「人間――これこそ真実だ！　人間は自由だ。人間！　それは素晴らしい！　それは誇りたかくひびく！　人間！　人間を尊敬することが必要だ！　あわれむのじゃない、あわれみによって人間をおとしいれるんじゃない、尊敬することが必要だ！」

裁判官は、人間が人間を裁く崇高なかつ極めて量大な職責と使命がある。犬が人間を裁くのではない。主人の命令が決するのであってはならない。人間の自覚と誇りが非人間を裁くのだ。

第一審は犬が人聞を死刑にした、奴隷が人間を殺すといったウソによって、ごまかしによって、デッチ上げによって。それは裁判ではない！　弾圧だ！　専制だ！　暴力だ！　屈辱と隷従は人間の道では断じてない！

我々は人間の名に於て人間たるべき裁判官に次のことを要求する権利が厳然として存在することを確認する。

一、原判決は必ず破棄されなければならない。

何となれば原判決は犬が作り奴隷がこね上げた虚偽、欺瞞、捏造の塊りだからである。人間が嘘によって生命を奪われ、投獄されていることは絶対に許されないからである。

二、我々二十名には直ちに無罪の宣告をなさなければならない。何となれば罪なき者が嘘によって二年も獄にぶちこまれていてはならないのである。

我々は本件が日本民族にとって最大な不幸をもたらすことに生命がけで反対し、民族の独立と世界の平和を守りぬくものである。

何となれば、本件は次のことを示すからである。

一、内外反動がソ同盟、中華人民共和国、アジアを侵略するために日本を軍事基地化植民地化している事実をそらすためのものだからである。

二、本件の真犯人は我々二十名では断じてなくて本件を必要とした内外反動の代業であることが極めて明瞭だからである。

三、我々の無実であることは、原審のあらゆる場所に明示されて居り、原判決はその捏造した証拠とさえも全く一致していないからである。

四、虚偽、捏造、欺瞞は戦争、侵略、抑圧のためにのみ必要であり、平和、独立、自由のための最大の敵だからである。

五、虚偽は必ず敗滅する。これは歴史の必然である。真実は必ず勝つ。これは歴史の真理である。

真実は訴える——松川事件・判決迫る

広津　和郎

一

松川事件の第二審の判決が近づいた。

被告達から第一審の判決の不当を鳴らし、彼等の無実を訴える手紙を貰ったのは、一昨年であったと思うが、正直に云って私は最初はそれ程関心を持たなかった。

その訴えは恐らく私にばかりではなく、多くの作家達、学者達、宗教家達、知識人たちのところにも行ったのであろうと思うが、私同様関心を持たなかった人達が相当多かったのではないかと思う。

大体政治というものについては、左右のいずれを問わず、その消息に通じていない私達は、つい新聞記事に頼って、一つの漠然とした見解を持つようになる。この松川事件はあの当時三鷹事件、下山事件に続いて起った事件であったが、これ等三つの事件の起る暫く前から、日本の各地で共産党がいろいろ鉄道妨害をするという報道が各新聞に頻々として載った。そこにこの三つの事件が起り、それが総て共産党の陰謀によるというように説かれると、私達はついそう信じ勝ちになる。事実私なども一時は「共産党も実に愚かな戦術を用いるものだ。これでは人心が去る事になるだろう」と眉をひそめたものであった。

松川事件が起って二日後に、官房長官の増田甲子七氏が、「松川事件は三鷹事件同様共産党の陰謀である」と新聞記事に発表したのを読んだ時も、ついそれを信じて、実際続いてこんな事件を起すなんて困ったものだと思ったものであった。

今になると、松川事件が起って、未だ現場の調査も済んだか済まない頃で、その出来事の意味も解らず、被疑者の一人さえも掴まってはいないのに、松川から遠く離れた東京で、時の内閣の責任者が「共産党の陰謀だ」と直ぐ公言するなどは随分乱暴な話だという事が解るが、その当時は確かに増田氏の言葉を信じたものであった。

三鷹事件でつかまった共産党の被疑者達は、その後「空中楼閣だ！」という裁判長の明快な判断によって無罪放免となったが、それも増田甲子七氏によれば、「共産党の陰謀だ」と断言されていたものなのである。

こういうように考えて来ると、この三つの出来事の前に、無暗に共産党の列車妨害という報道が新聞に載ったのも、この三つの出来事が起きた場合に、直ぐそれが共産党の仕業だと国民一般に思い込ませようとするための、何者かの策謀に拠る下準備だったのではないかと解釈する人達の意見を否定するわけに行かなくなるが、併しこの問題に立止る事は今は止めて、先を急ごう。

私が松川事件に関心を持ち始めたのは、第一審で死刑、無期、その他の極刑の宣告を受けた被告達が、獄窓から彼等の無実を世に訴えるために綴った血のにじむような文章を集めて出版した『真実は壁を透して』を読んでからであった。

この本は私よりも宇野浩二の方が先に通読していた。私がそれを読み始めた話を彼にすると、「あ、あの事件は全くひどい。無茶だ。あの被告達は可哀そうだよ」と宇野は云った。

その後で私は全部を通読したが、なるほど、宇野の云う通り、これはひどい事件である。私は慄然とし、且つ烈しい憤りを感じた。

私は別な場合にも度々云ったが、この『真実は壁を透して』に載っている総ての文章は、決して嘘や偽りでは書けない文章であるという事が先ず私を打ったのである。被告達の述べている事は真実に違いないという事を彼等の文章をよむと信じないではいられなくなったのである。

私は月の半ばは熱海から私の仕事場である本郷の宿屋に出て来ているが、その宿屋から宇野の家まで半丁しかない。それで、宇野とよく会うが、私達は会う度に松川事件の話をするようになって行った。宇野と会うと昔から文学の話に終始するが、いつか文学の話と松川の話と相半ばするようになって行き、終いには文学の話の出ない事はあっても松川の話が出ない事はないようになって行った。

そうした揚句、第二審の公判を傍聴するために、仙台に出かけようと相談するようになって行ったのである。

そしてわれわれ二人に若き吉岡達夫君が加わるようになった。吉岡君は『週刊サンケイ』にこの事件を書くために、前に一度出かけて行っていた。不案内な私達は彼に案内されたわけである。

二

此処で松川事件がどういうものなのかという事を振返って説く事は、記憶の好い読者には蛇足かも知れないが、事件が起きてから既に丸四年以上になるから、記憶の薄れた人もあるかも知れない事を考えると、簡単にそれを述べる事も、無駄ではないと思う。

それに第二審になってから、もうニュース・ヴァリューがなくなったからか、それとも他の理由によるのか、大新聞が殆んどその法廷での経過を載せない。唯単にその経過を載せないならまだ好いのであるが、第二審での検事の論告だけはデカデカと社会面のトップに載せながら、その論告を完膚なきまでに論駁している弁護人たちの弁護については何も載せないのである。

検事の論告は、検察一体という言葉もあるが、前の検事の論告を支持し、且つ第一審の判決を支持して、相変わらず死刑、無期その他の重刑を、二十人の被告に求刑している。

弁護人の弁護や、被告達の陳述を載せずに、検事の論告だけをデカデカと載せるのであるから、真相を知らない一般の人達は、「やはり松川事件はあの被告達が犯人なのだろう。それだから検事が第一審と同じ論告をし、同じ求刑をしているのだろう」と新聞を読んで思うようになる。大新聞の態度は被告達に取って甚だしく不利である。検察側の意見だけを世に示し、被告側の言い分は全然黙殺しているのである。

私にはそれが何故であるか解らない。

それだから大新聞が黙殺している時に、本誌のような権威のある大雑誌が、私のこの文章に誌面を提供して呉れる事は、私には感謝に堪えない事である。被告諸君も喜んでいる事であろうと思う。

本誌ばかりではない。『改造』も誌面を提供して呉れたし、『文芸春秋』も誌面を提供して呉れた。『改造』はその九月号に、吉岡達夫君のこの事件に関するルポルタージュを載せて呉れている。『文芸春秋』には十月号に宇野浩二が既に四十枚の原稿を送っている。宇野は例の丹念さでこの事件の全貌を知るために、あらゆる文献を集めたり、被告達の家のあり場所まで一々問合せたりしていたから、彼流のめんみつな文章が出来上がる事を楽しみにしている。『文芸春秋』十月号に送った四十枚は、彼の文章の約三分の一だと彼は云っていた。これから尚書きつづけるつもりなのであろう。

『世界』は既に今年の二月号に、松川事件を特輯している。

これ等日本の一流雑誌が、大新聞の冷淡さに引換えて、この問題に多大の関心を示してくれた事は、日本の歴史の未来の明るさに希望を持たせる。

扨て松川事件がどんな事件であるかを簡単に述べる事にしよう。

昭和二十四年八月十七日午前三時〇九分、福島県の松川駅と金谷川駅との中間のカーヴで、青森発上り旅客列車が突然転覆した。幸い乗客には死傷がなかったが、機関士等三名が惨死した。

この事件が起って二日目に、「共産党の陰謀だ」と増田官房長官が新聞記者に向って発表したという事は前に述べたが、最初の被疑者がつかまったのは、それから二十四日後の九月十日であった。

それは福島市に住んでいる赤間勝美という当時二十歳前のまだ少年のような若者であった。前に鉄道工夫などしていた事はあるが、共産党とも関係がなければ、国鉄の労働組合とも関係がなかった。その年頃によくある無邪気と云えば無邪気であるが、仲間にはチンピラ不良などもあり、喧嘩などもするような少年であった。暴力行為という逮捕状が出されたので、その前年喧嘩した事があるので、その問題かと思っていたら、そうではなく、「列車転覆」という恐ろしい問題で取り調べられたのである。彼の控訴趣意書によると、「去年の『ケンカ』の事でなく、身に覚えもない列車転覆の事でした。そして一日毎にその取調べはヒドクなって行きました。そして暴力行為が釈放になる九月二十一日の夜まで脅迫と誘導と拷問で、身におぼえのない列車転覆という恐ろしいことを無理無理に押しつけられて行く毎日だったのです」とある。

最初は八月十六日の晩に、「今晩列車の転覆があると云ったろう」というような事から始まり、そんな事を云った覚えがないというと、怒鳴ったり嚇しつけたりし、それから「誰に聞いたか」になり、「お前は、虚空蔵様の辺りで黒い服を着た者と一緒に歩いていたから、その男から聞いたのだろう」になり、そんな男と歩いていた事はないと答えると、「嘘をつけ、それじゃ誰に聞いたか云え」から、「お前が列車をひっくり返したから云われないんだろう」と云ったように、次第次第に列車転覆の方へと持って行く。それから又「お前が一緒に歩いていた黒い服を着た者は、国鉄の組合の者だろう」と、捜査の或る目的の方へ近づけて行く。

最初は組合の者ではない弱いものを摑まえて、それに嘘の自白を強制して調書を作り、その調書から次第に目的の組合員の方へ手がかりをつけて行こうとするデッチ上げの順序を特に注意して見る必要がある。町でケンカなどをして威張って見たりする若者ぐらい、警察に行くと、恐れ入ってしまうものはないのである。赤間少年の外にも何人か町のチンピラを摑まえたが、その中から赤間少年一人を残して、デッチ上げを始めたわけなのである。

武田部長と玉川警視が主として調べたが、昔特高だった玉川警視の威嚇は相当ひどいものである。赤間君の控訴趣意書によると「お前は女に強姦しているから強姦罪や其外の罪名で重い罪にしてやる」と六法全書を見せたり、その強姦を実演させる、と云ったり、「お前に強姦されたと云っているその調書を見せてやる」と云ってそんな風に書いてある調書を見せたり、そんな事をした事のない少年を恐怖で震え上らせている。「零下三十度もある網走刑務所にやって一生出られなくしてやる」「お前は列車転覆の容疑者として一番重くしてやれば死刑か無期だ」などと云われる度に赤間少年はどうして好いか解らなくなっている。

列車転覆があった晩は、「その晩私が十二時から一時迄に帰っている事をお婆ちゃんは知っていましたので、私は、お婆ちゃんに聞いて下さい、お婆ちゃんは私が寝ているのを知っているのです、と頼みました。ところが武田部長は『お前のお婆さんは二時頃迄目をさまして居ったが、まだお前が帰って来ない。四時頃小便に起きた時もまだ帰って来ない。お前がいつ帰って来たか判らないと云っているぞ』と云われ、そして私がいつ帰って来たか判らないという調書を読んで聞かされ、婆ちゃんの名前を見せられた時、私は俺の無実を証明してくれる人がいなくなったと思ったので、目の前が暗くなってしまうようでした。私はもう一度お願いしました。そして『婆ちゃんはきっと知っているんです。もう一度聞いて下さい』と頼んだのです。すると玉川警視や武田部長に、『いつまでもそんな事を云っていると、お前の親、兄弟全部を監房にぶちこむぞ』と怒鳴られました。私は本当に一家中がぶちこまれるかも知れないと思って益々恐ろしくなって、もうどうにもならないという気持になってしまったのです。そしてこのように一週間の脅迫、誘導訊問、拷問が朝の九時から夜の十二時、一時までも続き、夢中に眠く、すっかり疲れて、死の恐怖の取調べはもう堪えられなく苦しくなっていました。そして頭が痛いから休ませて下さいと頼みましたが、武田部長からは夜通し調べると云われるのです。——私は死ぬよりつらいことでした。この脅迫や拷問の取調べから救われたい為に、明日云うから寝かせて下さいと頼んでしまったのです」

こうして苦しまぎれに、「明日云う」と云ってしまった事から、その翌日の追及は益々烈しくなって来たのである。

「そして次の日調室に入ると、直ぐ玉川警視から『明日云うと云ったから、早く云え云え』とせめられてもう弁解する事は出来ませんでした。そしてとうとう最後迄真実を守り抜く事が出来ず、終にその午後虚偽の自供をさせられたのです。そして虚偽の最初に出来た調書では、汽車転覆の話は玉川警視に云われる通り、八月十五日国鉄労組の人達と相談して聞いた事にしてしまったのです。私は玉川警視に国鉄労組で列車転覆の話を聞いたのだろうといじめられ、そして信用させられていたので、私は国鉄の労組の人がほんとうにやったものと思い、自分はこれ等の人達のためにこうしていじめられているのだと思うと、憎らしくなっていたのです。又鈴木信さん、二宮豊さん、阿部市次さん、本田昇さん、高橋晴雄さん、蛭川さん達をどうしてこの謀議に出席したようにデッチ上げたかというと、鈴木さんや二宮さんの場合は、八月十七日から十八日の新聞に二宮さんと武田さんがこの事件の事で出ていたので、この人たちがやっていると思ってデッチ上げたのです。そして武田さんが新聞に出ていたのを鈴木さんと思ってデッチ上げたのです。阿部市次さんの場合は組合の人達がやっているならば阿部さんもやっていると思い、憎らしくなってデッチ上げたのです。本田昇さんの場合は国鉄の幹部で労働組合の事務所にいる者でつまり党員だと云って居られたし、又本田という者は自分がやったのに赤間が転覆させたと云っていると云われたので、本田さんを憎んでいたのでデッチ上げたのです。高橋晴雄さんの場合は、警察から高橋というものはアリバイがくずれていると云われた事があったので、高橋さんは関係しているなと思ってデッチ上げたのです。蛭川さんの場合は警察から、相談の席には誰々が居ったろう、誰々が居ったろう、と云われたので蛭川という者がいたかも知れないと云ったのです。私は本田さんも高橋さんも蛭川さんも知りませんでしたが、もうどうでも好いという気持で、警察の云う通り合せて云ったのです。そしてこのようにして八月十五日の謀議や人の名前が出来上がったのです」

これが今度の事件で有名な「赤間調書」が出来上った順序である。十日間も誘導訊問、脅迫、拷問の末に少年の頭を混乱させ、やけにさせ、その上で警察の思う通りの自供書をデッチ上げたのである。特に注意すべきは、列車転覆を国鉄の労組の人達が実際にやったものと赤間少年に思い込ませ、彼等がやったのに、自分がこんなにいじめられ、苦しめられるという事で、彼等に対する憎悪を彼の心に掻き立てている事である。それで少年はヤケバチになり、警察の云う通りに、彼が知りもしない人達の名まで挙げているのである。

まず罪のない少年をふん摑まえて、こういう「赤間調書」をデッチ上げ、その調書の中に目指す人達の名を挙げさせ、それを証拠にして、それ等の人々に検挙の手を延ばして行った警察側の巧妙な手口に特に注意して欲しいと思う。

此処に面白いのは、こうして嘘の自供書が出来上ると、赤間少年は保原署に移され、急に待遇は別人のようにに変り、朝、昼、晩の三度の食事は、二人前食べさせられ、煙草は喫み放題、酒まで馳走され、ピンポンや将棋や、時には弓まで引かせられている。そして風邑に入ると署長自身が三助のように背中を流してくれて、「いいか、云った事を公判で否認などするんじゃないぞ、赤間、いいか」と度々云ったという事である。「赤間証書」が出来上ると共に、この少年が警察ではかくまで大切な人物になってしまった事が解る。

この「赤間調書」が検察側のよりどころであり、第一審で証拠品として検察側が提出したものの真実性が事毎に覆えされてしまったにも拘らず、第一審の長尾裁判長が、被告達に五名の死刑、五名の無期、そしてその他の被告達にもそれぞれ重刑を宣告したのも、亦この出鱈目な「赤間調書」に拠るのである。

この「赤間調書」が出来上ると、それを種に次ぎ次ぎと被疑者達を検挙して行った。そして次ぎ次ぎと検挙されて行った被疑者達が、どんな調べ方をされて行ったかを、一々述べると面白いのであるが、今はその暇がない。大体赤間少年が調べられたと同じような、誘導訊問、脅迫、拷問を想像して貰えば大して間違いはない。

その当時は国鉄の大クビキリの最中だったので、国鉄労組はその反対運動に狂奔していた。それと共に東芝も同じクビキリの最中で、東芝の松川工場にも大量馘首の通達が本社からあり、松川工場の労組もその反対運動を展開していた。東芝本社の組合からはオルグ佐藤一君なども、松川に駆けつけていた。

国鉄と大会社東芝との大きな二つのクビキリで、各労組が活躍しているところに、松川に列車転覆という大事件が起り、それが国鉄労組と東芝松川工場の労組との陰謀であるという風にデッチ上げられたわけなのである。そしてまずそれ等の労組と関係のないところから「赤間調書」が作成され、それによって、国鉄労組の福島支部の幹部達や、東芝松川工場の組合の幹部達を片っ端から摑まえて行くきっかけが作られて行ったのである。

下山、三鷹、松川の三事件のために、国鉄労組の反対気勢が鎮圧され、国鉄の大量クビキリがスムースにはこばれた事、又松川事件のために、これ亦労組の反対気勢を抑圧し、東芝の人員整理が巧みになし遂げられて行った事に御注意あれ。――一時額面をずっと下る程サンタンたる暴落を示していた東芝の株が、三倍、四倍と昂騰して行って、人気株になって行ったという事もよく考えて見る必要がある。もっとも、それは人員整理ばかりが原因では無論ないであろう。併し人員整理も株価昂騰の原因の一つであったと見る事は、決して不当な事ではあるまい。

三

かくして二十人の被告が松川の列車転覆事件の容疑者として摑まった。そして彼等を真犯人とデッチ上げるための証拠品が並べられた。それ等のものは片っ端からその真実でないという事が証明されたが、それを一々列挙して行く余裕はないから、その主なものを二つ三つ挙げる事にするが、一番肝腎なのはスパナとバールである。スパナはそれによって、列車転覆のために、事件現場の線路のツギメ板をはずした事になっているし、バールはそれによって線路の犬釘を抜いた事になっているのであるが、それ等は転覆の朝、現場付近の田圃の中から発見された証拠品として、検察側から法廷に持出されたのである。そして又この二つはデッチ上げの調書によると、小林源三郎、菊地武、大内昭三の三被告が、事件の前の十六日の晩に、松川保線区倉庫の中から盗み出し、現場に運び、それによって破壊工作を行った事になっているものである。併し検察側がわざわざ証人として申請した松川線路班の線路工事長と道具係は「この道具には見覚えのない事」(つまり小林、菊地、大内の三君が盗み出したと云われている松川保線区倉庫の備品にはこんなものはないという事を意味する)「こんなスパナでは線路のツギメ板ははずせるものでない事、鉄道では片口スパナと云ってもっと長くて一メートルもあるような頑丈なものを使っている事」を証言した。云い換えれば。この列車転覆という破壊工作のために被告達がそれによって線路のツギメ板をはずした証拠品として検察側から持出された約七寸九分の自在のスパナは、そんなものではツギメ板ははずせるものではないと云う事を、証人によって確言されたのである。証拠品として無価値である事を確証されたのである。又バールには「X・Y」などの外国文字が刻まれているのをヤスリでけずった跡があるが、これも松川保線区倉庫の備品でない事が確証された。

原判決ではレールの一端のツギメ板(二枚)ボールト(四本)がはずされて列車転覆が起ったと認定しているが、転覆現場では二十五メートルの長さのレールの両端のツギメ板が取りはずされていた。併し一端のツギメ板でも証拠品のスパナでは絶対に取りはずせないのだから、況して両端のツギメ板がそんなスパナで而も短時間にはずせるものでは絶対にあり得ない。

又被告高橋晴雄君は、先年奥羽線の庭坂駅に勤務中、雪の日に足をすべらして列車にはさまれ、危篤状態を続け、長い療養の後に治癒したと云っても、未だに股が普通の人のようには開かないような人であるが、それが福島から転覆現場まで三里半の道を駆けつけ、実際に破壊行為を実行し、その上で又福島まで夜の明けない中に駆け帰った事になっている。おまけに福島から金谷川を越えて松川に至る区間は、東北線一の上り勾配と云われている。そこを夜中に往復七里を一里三十分の速力で、不具者の高橋君が走った事になっているのである。この高橋君が治療中に入院していた三つの病院に向って、第一審の長尾裁判長が、高橋君が短時間に福島から松川の現場まで、三里半の道を往復出来るかどうか問合せ、それが不可能であるという返事がそれぞれの病院から来ていたのであるが、それを長尾裁判長は握りつぶしていて法廷に持出さなかったという事実が、今度の第二審で暴露された。

第二審では東京の三つの医科大学に同じ事が問い合された。その返事はみな少しアイマイであるが、慶応からの返事は殊にひどい。「大体それは不可能であるが、併し人間情熱にかられれば、必ずしも不可能ではない」というのである。——これでは科学としての医学か伝説製造としての医学か解らない気がする。義経の八艘飛びの証明でも聞いているような気がする。

第二審の鈴木裁判長は、高橋君が歩いたというその道のりを、高橋君が歩いたという夜中の時刻に、自身で歩いて見ている。七里の道を夜中に自身で歩いて見たという事だけでも、鈴木裁判長の今回の裁判に対する真剣さが窺われて、私は敬意を感ずる。鈴木裁判長は、高橋君が歩いたと検察側の主張している時間の、どうやら二倍以上かかったようである。

高橋君はその事件があったというその晩は、家庭で細君と一緒に寝ていた事がはっきりしているのであるが、細君がアリパイを証明したのでは、第一審では取上げられなかったらしい。いや、高橋君ばかりではない。如何にアリバイがはっきりしていても、それが家族が証明したり、工場で働いている同じ工員が証明したりしたのでは、総て取上げられていない。

このデッチ上げの最も重要なものである八月十三日の福島に於ける国鉄側と東芝側の共同謀議――この共同謀議が課刑の上では最も重く見られているのであるが、その共同謀議に出席した事にされているそれぞれの被告のアリバイは、皆はっきりしているのであるが、それが仲間からの証言であるというので取上げられていない。それは十一時四十五分頃福島の国鉄労組支部事務所に、国鉄側から武田久、斎藤千、二宮豊、阿部市次、本田昇、高橋晴雄、鈴木信、加藤謙三の諸君、東芝側から佐藤一、太田省次の両君が出席して、列車転覆の謀議を行ったという事になっているのであるが、斎藤君はその時郡山にいたし、高橋君は細君と共に数里離れた佐倉村に行っていたし、鈴木君は地区委員会にいたし、佐藤一君は松川の工場で会社側と団体交渉をやっていたし、それぞれアリバイがはっきりしているが、家族や友達の証明では、第一審の裁判長によって全然取上げられなかったのである。

第二審では佐藤一君のアリバイを証明した有力な証人が現れたが、その事は後で述べる事にする。

此処に面白いのはこの十三日の共同謀議に基づいて、国鉄側から岡田十良松君が東芝の松川工場に行き、東芝側の杉浦三郎、二階堂武夫、佐藤代治の三君と東芝組合事務所の板の間で謀議した事になっているのであるが、岡田君は午前十一時二十八分の列車で松川に行っている事がはっきりしている（岡田君は他の用事で松川に行ったのであった）。福島での共同謀議は同十一時四、五十分頃という事になっている。十一時四、五十分頃にあったという共同謀議の決議をして、どうしてそれより前の十一時二十八分の列車で発って行けるか。

それともう一つ面白いのは「金」の問題である。何しろ列車転覆という大それた事を被告達がやったとすれば何かその理由がなければならない。その理由がなかなかつかないので、警察では被告達が何処からか金を貰った事にしようとしたのである。それで最初は十五万円貰った事にさせたが、十五万円という金は多過ぎるので、十万円という事にさせ、五万円という事にさせ、それでもツジツマが合わないので三万円という事にさせ、それでもおかしいので、とうとう終いには「金」の事は撤回させて、何も貰わなかった事にさせたのである。

第一審でも検察側の提出した証拠はことごとく覆されたし、裁判長の態度も、被告達に好意的に見えたので、昭和二十五年十二月六日の判決の日には、無罪を信じている被告達は、その前日、荷物類を宅下げにして、その日釈放される期待を以て法廷に立ったのである。ところが意外にも、判決は極刑であった。

鈴木　信	国鉄労組福島支部福島分会委員長	死刑
本田　昇	国鉄福島支部委員	死刑
阿部市次	同　書記	死刑
佐藤　一	東芝労連オルグ	死刑
杉浦三郎	東芝松川委員長	死刑
武田　久	国鉄福島支部員	無期
二宮　豊	同　委員	無期
高橋晴雄	同　福島分会委員	無期

赤間勝美		無期
太田省次	東芝松川副委員長	無期
斎藤　千	国鉄福島支部員	一五年
浜崎二雄	東芝松川青年部員	一二年
岡田十良松	国鉄福島分会書記長	一二年
加藤謙三	福島地区労書記	一二年
佐藤代治	東芝松川青年部長	一〇年
二階堂武夫	同　青年部情宣部長	一〇年
小林源三郎	同　松川青年部員	七年
菊地　武	同	七年
大内昭三	同	七年
二階堂園子	同　松川書記	三年六月

長尾裁判長はこの判決文を読む時、いつもの冷静さがなく、ぶるぶる神経的にふるえ、陪席判事の方へ相談でもするように時々振向き、而もいつになっても判決とならず、検事の論告と同じような事を読み上げているので、被告が質問すると、「退廷」と叫んで被告達を退廷させたという。それだから判決は被告達の退廷の後で云い渡されたわけである。めずらしい事と云わなければならない。

その判決文は、何か急に書かれたもののように鉛筆の走り書きだったという。

長尾裁判長はその後直ぐよそに転勤になったが、一時精神に異状を呈したという噂がある。

四

仙台の法廷には五月七日の午後初めて傍聴に行った。

法廷に入る前に、弁護士室に行って袴田重司氏に面会を求めた。各党各層を通じて百五十人以上の弁護人が人権擁護のために立ち上っているが、前仙台弁護士会会長であり、自由党に属する袴田氏からは最も公平な意見が聞けるものと、期待していたからである。

「あなたが被告達の弁護に立たれたのは、前判決が酷に過ぎるので情状酌量の余地があるとお思いになったためですか、それとも被告達を全然無実だとお思いになっているためですか」と私は訊いた。

「無論被告達は無実です。何もやっていません」と見るから質実の感じの袴田氏は言下に答えた。「唯、デッチ上げでも自白の形になっているところに困る点があるのです。その調書を裁判長がどう判断するかが問題ですから」それから一寸時を置いて、

「併し鈴木裁判長は慎重によく調べています。──結局望むところは裁判長の勇気です」

私は袴田氏の言葉で、被告達を「白」と思っていた確信を強められた気がした。

「政治が裁判の背後にあるというような事はありませんか。後側からこの裁判を左右するというようなものが?」と私は再び訊いた。

「いや、そういう事はありません」と袴田氏は答えた。

それなら安心だが、と私は思った。それは私が心配していた事であった。併し日本の裁判が時の政治に支

配されていないという事がほんとうに信じられるなら、私はこの国に希望が持てる。単に松川事件だけの問題ではない。裁判が時の政治に支配されずに、ほんとうに独立して公明を保てるなら、敗戦後の混乱が如何にひどくともこの国は振出しからでもやり直せる。――私はそれを信じたいと思っていた。それを袴田氏は信じられると云って呉れたのである。

その日の法廷は岡林弁護人の弁論の日であった。私達が傍聴に入って行ったのは午後であったが、岡林氏は午前から引続き弁論に立っていたのである。

私はこの裁判を第一審の判決からの想像で、陰惨な空気がみなぎっているように思っていたので、法廷に入って見て、それが明るくなごやかなのに意外を感じた。私達が入って行くと、被告達の一人がそれを認めて、振返ってにこにこと会釈した。そして他の被告にその事を囁くと、その被告が振返って又会釈した。そういうようにして、全体の被告に伝わって行ったらしく、順々に振返って会釈したが、みな晴れやかなと云いたい位明るい顔でにこにこし、その眼が澄んでいる。背後から見ていると、理髪をすましたばかりというように、彼等の襟足は綺麗に剃刀が当っていて、不精に髪など延ばしている者は一人もない。

岡林弁護人は、赤間被告が、四年の監禁の間に、如何に勉強したか、そして文章などもうまく書けるようになったかを弁じていた。その文章が如何に嘘がなく、人の心を衝くものであるかという事を――それから三鷹、下山、松川、とこの三つの事件の起る前に、共産党の列車妨害として、各新聞が毎日のようにデマ記事を掲載したかという事を、一々例を挙げて述べ始めたが、それは微に入り細に入り一々例証を挙げて、相当の時間がかかった。下山、三鷹、松川と、事件が起ると、それ共産党がやったと云えば、直ぐ国民がそう信じるような素地が、それで出来上るように、毎日のように各新聞はそのデマ記事を書き立てていたというのである。岡林氏の弁論ぶりは誇張がなく、冷静で、それでいて何か不屈な熱情がその底に流れている。

その新聞の例証が余りに詳細で、時間がかかったので、

「新聞の事をいつまでやられるのですか。なるたけ眼の前の証拠についてだけ云って頂きたいのですが」

と鈴木裁判長が注意をした。

「は、併しこれだけは……」と岡林弁護人は顔色も変えず、尚新聞についての例証を続け、ところどころ此処はと思う所は、検事に向って特に云うように、一段と声を高くして弁じているのである。

裁判長はちょいと苦笑して、

「まだ続くのですか。……そういう事はこちらでも若干調べていますから」と云った。

私は微笑してその光景を眺めていた。

後で被告の一人が、「ああして弁護士の云う事を、裁判長が遮るとはお思いになりませんか」と私に訊いた。私は寧ろ裁判長はもうそれ以上云わなくても解っている、こっちでもその事は調べているから、という意味を云ったので、故意に弁護人の言葉を遮っているのではないと感じた、と答えた。じっと眠ったように無表情な顔をしながら、弁護人の言葉に、これはと思うところは眼を開き、メモを取っている裁判長の態度に、寧ろ私は信頼を感じた。

閉廷間近く、被告席から一人私の側に近づいて来て、「後で一寸お目にかかってお話したいのですが……」と云った。それは東芝の佐藤一君であった。

階下で待っていてくれというので、宇野、吉岡、私の三人は裁判所の建物の下で待っていた。間もなく佐藤一、斎藤千、武田久の三君が下りて来て、一般休憩室の隅に私達を案内した。一隅にラムネやパンを売っ

ているあの休憩室である。私達はラムネを馳走になりながら三君と話したが、三君の話はあたりまえで、興奮もなければ誇張もなく、普通座談しているようなにこにこした調子である。

「小林君が東京でお訪ねした時、何でもめずらしくおいしいものを御馳走になったと云って喜んでいましたよ。初めは食べ方も解らなかったって云ってましたよ」と斎藤君が私に向って云う。

「そんなものを御馳走したか知ら?」

私は考えてみた。保釈で出ている小林源三郎君と二階堂園子さんとが、本郷の宿に私をたずねて来た事がある。その時の事を私は思い出した。私は二人を近くの白十字につれて行った。

「あ、解った、解った、何もそんなにめずらしいものじゃないですよ。ショート・ケーキですよ」

白十字でショート・ケーキに珈琲を飲んだのであるが、それを小林君は喜んで仙台に帰ってから仲間の被告に吹聴していたのかと思うと、その朴訥さが微笑まれた。佐藤君は、

「僕は東芝の本部から、松川に派遣されて二日目ですよ。その僕が、顔も知らない人達と謀議をし、指令を出し、人選をしたことになっているのですよ」と微笑しながら云った。

「併し僕のアリバイは今度ははっきり証明がつきましたよ、会社の経理課長が証明して呉れたんです。僕のアリバイの証明がつけば、全体がデッチ上げだという事がはっきりしますからね」

それから佐藤君は、警察の取調べについてこんな事も云った。

「あの中に入って眠らさなかったり、取調室で何時間も捨てて置かれたり、そんな風にされていると、錯覚も起ってきますよ。自分の知らない人間達が、みんなお前がやったと云っているぞ、と何度も何度も聞かされている中には、自分は夢の中ででもやったのか知ら、というような気になって来ますよ。——つかまっ

てから初めてお互いの顔を知ったというのが沢山いますよ」

佐藤君はそう云って静かに笑った。

そこに今法廷で弁護に立っていた岡林弁護士外二人の弁護士が、私達がいるというので来て呉れた。そこで弁護士諸氏も一緒になって話したが、別段被告達とひそひそと次の公判日についての打合せをするわけでもない。あたりまえの調子で私達の話の仲間に加わったのである。

私は私の隣に坐った弁護士に、先刻袴田氏に訊ねたのと同じ事を訊ねて見た。

「裁判所の裏側に政治の支配というものはないでしょうか。政治が裁判を左右するというような事は？」

するとこの左翼系の若い弁護士も、自由党の袴田氏と同じように答えた。

「いや、そういう事はないと思います」

それからその若い弁護士は笑いながら、

「併しこんな事はあるようですね。警察から有罪として送りますね。それを裁判所で無罪にすると、多少イヤガラセをするような事は……それは戦争から終戦後にかけてのあの食料難でしたからね。裁判官も食物は多少のヤミで買っていますよ。そんな事をほじくり出して、ちょいとしたイヤガラセをやる位の事はあるようですよ。そんな事でも気の弱い、神経質な裁判官には、多少の影響を与える事もないとは云えませんが、裁判を支配しているはっきりした政治の意図、というようなものは、それはないと思いますね」

袴田氏に聞き、この若い左翼の弁護士に聞いて、私は益々安心した。裁判の背後に政治の支配がないという事が信じられれば、松川事件の第二審の判決には益々希望を持って好い。第一審の判決の場合は占領下であった。判決文が急に鉛筆の走り書きにしなければならないような何かの現象も考えられない事はない。併し今日は日本は独立国である。独立国であって、裁判の公正が、何処までも尊重されているとすれば、今度こそわれわれは納得の行く判決を期待出来るであろう。

第一回の仙台の帰りに、宇野も吉岡君も、被告達から受けた透明な濁りのない印象を、喜んで語り合った。「来て、あの被告達に会って好かったよ。何て澄んだ眼をしているのだろう。あんな犯人がある筈はないよ」と宇野はしきりに云っていた。私達も同感であった。

私達三人は七月三日の朝、急行「あおば」で再び仙台に行った。

そしてその翌日の法廷を傍聴したが、その時は主として証人調べであった。その時の事も述べたいが、併し今はそれを細かに述べている余裕がない。

その翌日の五日に、東京に帰る途中、私達は松川で下車した。列車が転覆した場所も見て置きたいというのも一つの理由であったが、それよりも、東芝の松川工場――今は北芝工場と名が変わっているが、この工場の経理課長に会いたいためであった。この経理課長の橋本太喜治氏は、松川事件当時は、東芝の本社詰めで、たまたま松川工場に経理の視察に派遣されていたのである。

この橋本太喜治氏が、いわゆる八月十三日の共同謀議が福島で行われたという時刻に、佐藤一君が松川工場にいたというはっきりしたアリバイを、第二審の法廷の証人として立って確言した人なのである。この橋本氏は会社側で、組合とは対立した側の人である。その人が確言したというのであるから、佐藤君のアリバイは今や明瞭になったわけである。そして佐藤君のアリバイが明確にされれば、検察側のデッチ上げは総て崩れなければならないのである。

日曜日で北芝工場は運動会などをやっていたが、橋本氏は快く会ってくれた。橋本氏はその時の事を左のように話した。

「丁度八月十三日のあの日は、クビキリ反対の組合側が、会社に向かって団体交渉をやるといきまいているので、この工場の首脳部たちはみんな逃げ出してしまって、誰もいないんですよ。それで私が一人いたものですから、私が杉浦君達につかまったんですよ。つまりこの工場の首脳部がいなければ、私に向かって団体交渉するというのですが、何しろ私は本社のもので、この工場の責任者でないから、そういう交渉に責任を以ては応ぜられない、と答えてスッタモンダしていたんですが、杉浦君はなかなか承知しない。それで私は困り切っているところに、佐藤一君が現れて、『橋本さんに団交を持出してもそれは無理だ、この工場の人ではないんだから』と中に入って呉れたんですよ。それが十一時大分過ぎた頃でした。それでとうとう今日は団交に応じられないという事を一筆書けと、みんなに取りまかれて、私はそれを書いたんですが、書き終わった時に私は時計を見たのですが、十二時半だったという事をはっきり覚えています。それですから、その間に佐藤君が福島まで行って、そういう謀議に出席したとは、まあ私には考えられないのです」

これだけ橋本氏の口から聞けばもう大丈夫である。佐藤君は福島での十一時四、五十分にあったその謀議に列席し、帰って来て東芝側に指令を出したという廉で、この事件の主謀者の一人として原審で死刑の判決を受けているのであるが、その共同謀議に彼が出席していない事が明らかであるし、佐藤君が出席しなければ、国鉄、東芝の共同謀議などというものが、跡形もない、幽霊謀議である事が解るわけである。

私達は橋本氏に別れの挨拶をし、ほっとしながら北芝の工場を出て、鉄道の線路伝いに、転覆したというカーヴの方へ歩いて行った。

検察側のデッチ上げという事が解っていても、それだからデッチ上げだという事がはっきり云えないもどかしさに、何か重い気持がしていたのが、橋本氏に会って、それがはっきりデッチ上げであるという事を云える確証を、自分の耳で聞いたわけである。

私は大きな声で、今こそ、彼等が無実だという事を、はっきり世の中に向かって云っても好いわけである。松川駅から徒歩二十五分と云われる現場までの線路づたいの路は、日頃外に殆ど出ないで書斎に閉寵っている宇野には相当難儀ではないかと思って振返ると、宇野は上衣を片手にし、人々から遅れ勝になりながらとぼとぼ歩いていた。

文学の外何も考えないとわれ人共に思っている宇野が、この松川事件に向かって示している彼としては異常な熱意を、私は改めて考えながら歩いて行った。

（昭和二十八年八月）（「中央公論」一九五三年一〇月号）

新版 真実は壁を透して――松川事件被告の手記

2019年9月25日 第1刷発行

編　者　特定非営利活動法人 福島県松川運動記念会
発行者　片　倉　和　夫

発行所　株式会社　八（はっ）　朔（さく）　社（しゃ）
101-0062 東京都千代田区神田駿河台 1-7-7 白揚第2ビル
TEL 03-5244-5289　FAX 03-5244-5298
http://hassaku-sha.la.coocan.jp/
E-mail：hassaku-sha@nifty.com

組版・鈴木まり／印刷製本・厚徳社

ISBN 978-4-86014-094-6